DREAMBOOKS★

DREAMBOOKS

마왕

12

ORIENTAL FANTASY STORY & ADVENTURE
요도 김남재 신무협 장편소설

dream books
드림북스

마왕 12

초판 1쇄 인쇄 2017년 7월 19일
초판 1쇄 발행 2017년 7월 31일

지은이 요도 김남재
발행인 오영배
기획 박성인
책임편집 이대용
표지 · 본문 디자인 권지연
일러스트 나래
제작 조하늬

펴낸 곳 (주)삼양출판사 · 드림북스
주소 서울시 강북구 도봉로 173
대표 전화 02-980-2112 **팩스** 02-983-0660
편집부 전화 02-980-2116 **팩스** 02-983-8201
블로그 blog.naver.com/dreambookss
출판등록 1999년 3월 11일 제9-00046호

ISBN 979-11-283-9130-9 (04810) / 979-11-313-0507-2 (세트)

+ 이 도서의 국립중앙도서관 출판시도서목록(CIP)은 서지정보유통지원시스템홈페이지(http://seoji.nl.go.kr)와 국가자료공동목록시스템(http://www.nl.go.kr/kolisnet)에서 이용하실 수 있습니다. (CIP제어번호: 2017017241)

마왕
12
요도 김남재 신무협 장편소설
ORIENTAL FANTASY STORY & ADVENTURE
dream books
드림북스

목차

1장. 장례

— 괜찮다

마교 외부에서부터 실려 온 관 하나가 커다란 묘지에 안치되고 있었다.

시신이 담겨 있는 그 관의 주인은 바로 혁리원, 얼마 전까지만 해도 마교의 소교주라 불렸던 바로 그의 것이었다.

이름 석 자 제대로 적지 못했던 묘비와 자그마한 사당에 있던 위패 하나가 전부였던 혁리원의 묘지는 무척이나 커다랗게 준비되어져 있었다.

수많은 이들의 예법 속에서 치러지기 시작한 장례.

그리고 그 장례의 선두에는 혁련휘가 있었다.

평소 즐겨 입던 검은 무복과는 달리 새하얀 옷을 차려입은 그가 무덤 안으로 들어가는 묘를 말없이 바라보고 있었다.

초라했던 그때와는 달리 수많은 이들의 슬픔 속에서 치러지는 장례는 화려하기 그지없었다.

양쪽으로 도열한 수천 명에 달하는 마교의 무인들.

그들은 정중하게 차려입은 복장으로 떠나는 마교의 소교주 혁리원에게 마지막 예를 취하고 있었다.

주변에 꽂아 둔 수백 개에 달하는 깃발들이 차가운 바람으로 인해 사방으로 펄럭였다.

땅속으로 사라져 가는 관을 바라보던 혁련휘의 시선이 잠시 한쪽에 위치한 또 다른 일련의 무리로 향했다.

그곳에는 혁무조가 자리하고 있었다.

마찬가지로 새하얀 상복을 입은 그는 말없이 자리에 앉아 지그시 눈을 감고 있었다.

그런 혁무조의 뒤편에 도열해 있는 수십 명의 마교의 노고수들 또한 떠나가는 혁리원의 마지막 모습에 포권을 취한 채로 예를 갖추는 중이었다.

그렇게 모든 절차가 조금씩 마무리되어 갈 무렵 혁련휘가 품 안에 고이 간직해 두었던 위패 하나를 꺼내어 들었다.

혁리원이라는 세 글자가 또렷이 적힌 그 위패를 든 채로 혁련휘는 모두의 시선 속에서 묘 한쪽에 자리한 사당을 향해 걸음을 옮겼다.

그리고 이내 사당의 입구에 멈추어 선 혁련휘는 위패를 보관하기 위해 만들어진 자리에 조심스레 그것을 올려놓았다.

그리고 그 근방에 놓여 있는 향로에 기다란 향 하나를 꽂아 두었다.

피어오르기 시작한 향의 연기가 하늘을 향해 너풀너풀 떠올랐다.

그 모습이 흡사 이승에 남아 있던 혁리원의 혼이 하늘로 떠나가는 듯해 보여 혁련휘는 가슴 한편이 아려 왔다.

좋은 무덤, 화려한 장례식.

분명 아무도 모를 그런 자그마한 무덤에 묻혀 있던 때에 비해서는 나은 게 당연하다.

허나 그렇다고 해서 죽었다는 사실이 변하는 건 아니다.

혁리원은 죽었고, 이제야 그나마 자신의 자리를 찾은 것뿐이다.

떠오르는 향을 바라보며 혁련휘는 다시금 다짐했다.

'원아, 넌 그곳에서 이제 편히 쉬거라. 허나 나에겐 아직 해야 할 일이 남았구나.'

아직 정체조차 파악하지 못한 그들이라는 존재에게 갚아

야 할 빚이, 그리고 원한이 남아 있다. 혁리원이 죽는 데 결정적인 역할을 한 그들을 남겨 두고서야 복수를 했다 말하지 못하리라.

위패를 가볍게 손으로 쓸어내린 혁련휘가 고개를 돌려 자리에 앉아 있던 혁무조에게 시선을 건넸다. 그리고 그런 혁련휘를 향해 마치 기다렸다는 듯 혁무조는 가볍게 고개를 끄덕였다.

딱히 말을 나누지 않았음에도 불구하고 지금 혁무조는 혁련휘가 하고자 하는 게 무엇인지 아는 눈치였다.

아직은 차가운 바람을 맞으며 혁련휘가 장례식에 모인 마교의 수많은 고위층들을 향해 서슬 퍼런 경고를 내뱉었다.

"이것이 끝이라 생각지들 말거라."

혁련휘가 모여 있는 이들을 냉기가 뚝뚝 떨어지는 눈동자로 스윽 훑어보았다. 그런 혁련휘의 시선에 수많은 마교의 고수들은 자신도 모르게 고개를 숙일 수밖에 없었다.

그들을 향해 혁련휘가 말을 이었다.

"천위극이 죽었다고는 하지만 난 이 일을 여기서 끝낼 생각이 없다. 찾고 또 찾아서 이번 사건에 조금이라도 개입된 자가 있다면 그 죄를 엄히 따져 물을 것이다."

가짜 소교주 사건과 진짜 소교주의 죽음에 관련된 모든

이들을 찾겠다는 엄포다.

음지에 숨어 마교의 수많은 일들을 벌이는 그들.

그들의 간자가 이 자리에 없을 거라 여기지 않는다. 그리고 혁련휘는 그들을 향해 지금 선전포고를 하고 있는 것이었다.

말을 마친 혁련휘는 곧바로 몸을 돌리고는 걸음을 옮겼다. 그리고 그런 그의 뒷모습을 혁무조는 말없이 바라만 보고 있을 뿐이었다.

잠시 혁련휘를 응시하던 혁무조가 천천히 자리에서 일어났다.

그가 움직이자 주변에 서 있던 마교의 무인들 모두가 황급히 고개를 숙였다.

자리에서 일어난 혁무조는 방금 전까지 혁련휘가 서 있던 곳으로 다가왔다.

그러고는 이내 앞에 놓인 위패를 가만히 어루만졌다.

'참으로 따뜻한 아이였지.'

혁무조의 기억 속의 혁리원은 무척이나 착한 아이였다.

온순하고 따뜻한 심정을 가진, 난세가 아닌 평화로운 시대였다면 더없이 훌륭했을 군주의 재목이었다.

허나…… 난세는 그런 혁리원을 그냥 두지 않았고 결국 그는 파도에 휩쓸려 이렇게 차가운 땅에 묻히고야 말았다.

위패를 어루만지는 혁무조의 손끝이 떨려 왔다.

'미안하구나. 지존이라 불리는 자가 자식 하나 지켜 주지 못해서.'

울지 않았다.

혁리원이 죽었다는 사실을 어렴풋이 짐작하면서도 전혀 내색하지 않았던 건, 자신이 나서지 못함을 알기 때문이다.

아들의 죽음을 알면서도 나서지 않는다면 곧 적들에게 자신의 상태가 그리 좋지 않다는 걸 알려 주는 것과 다름없었다.

아마도 적들뿐만이 아니라 마교의 수많은 무인들조차도 그런 혁무조의 행동에 의아해했을 것이다.

왜 자식이 죽었는데도 그것에 대해 나서지 않느냐며 말이다.

약해져 가는 자신의 몸을 감추기 위해 혁무조는 그간 모든 감정을 숨기고 살아야만 했다.

자식의 죽음을 알면서도 모르는 척 웃고 살아야 했다는 거다.

그 모든 이유는 마교를 지키기 위함이었다.

수십만 명의 운명을 짊어진 혁무조였기에 자식의 죽음에 슬퍼할 수조차 없었다.

그랬기에 기다렸다.

혁련휘가 나타나 혁리원에 대한 일을 파헤쳐 주기를. 그리고 또 그가 약해져 가는 자신의 자리를 대신해 줄 정도의 능력을 모두의 앞에서 보이기를 말이다.

이 마교를 지킬 방법은 오직 그뿐이라 여겼다.

그리고 혁련휘는 그 두 가지 모두를 완벽하게 해냈다. 혁무조가 생각했던 그 이상의 능력을 선보이며.

위패를 어루만지며 꾹 감고 있던 혁무조의 눈에서 마침내 오랫동안 참아 왔던 뜨거운 눈물이 주르륵 흘러내렸다.

뭐라도 해 보겠다며 죽어 가는 와중에서도 매일을 치열하게 살았던 아이.

혁리원의 얼굴을 떠올리며 혁무조는 입술을 꽉 깨물었다.

흘러내리기 시작한 눈물이 연신 입술을 타고 입 안으로 쏟아져 들어온다.

"끅끅."

눈물을 토해 내며 혁무조는 연신 위패를 쓰다듬었다.

차가운 감촉, 그렇지만 이 위패에 적힌 혁리원이라는 이름 석 자가 가슴에 틀어 와 박힌다.

'괜찮다. 이젠 괜찮아. 더는 그렇게 죽을 것처럼 노력하지 않아도 된단다. 원아.'

혁무조가 한 손으로 자신의 얼굴을 감싸 안았다.

손바닥을 타고 뜨겁게 흘러내리는 눈물, 그 눈물이 차갑게 언 대지를 조금씩 녹이고 있었다.

혁리원의 장례를 끝마친 혁련휘가 곧바로 향한 곳은 그곳으로부터 얼마 떨어지지 않은 곳에 위치한 장소였다.

그리고 그곳에는 장례식에선 보이지 않던 일행들 모두가 자리하고 있었다.

장례식을 볼 수 있는 삼 층짜리 전각에 있던 비설이 반갑게 혁련휘를 맞았다.

"형님, 오셨어요?"

그녀는 의자에 앉아 두꺼운 이불로 몸을 돌돌 말고 있었다.

추운 날씨라 나오지 말라고 했거늘 어떻게든 장례식을 보고 싶다며 부득부득 우겨 이렇게라도 데리고 왔던 것이다.

그리고 그런 비설을 지키기 위해 혁련휘는 환야와 달치, 부의민 이렇게 셋 모두를 그녀 옆에 자리하게 했었다.

붉어진 얼굴로 앉아 있는 비설을 향해 혁련휘가 입을 열었다.

"얼굴 빨개. 날이 추우니 그냥 방에 있으라니까."

"그래도 아우님 가시는 날인데 마지막 인사는 해야죠."

그런 비설의 말에 옆에 있던 부의민이 어처구니없다는 듯 물었다.

"야, 소교주님이 왜 네 아우님이냐."

"그쪽도 형님의 동생이고, 저도 형님 동생인데 그럼 나이순으로 봤을 때 제가 위니 당연히 아우님이죠."

"얼씨구. 하여튼 죽다 살아나도 뻔뻔한 건 여전하네."

자신의 핀잔에도 실실 웃는 비설을 보며 부의민 또한 픽 하고 웃어 버리고야 말았다.

그런 두 사람의 옆에서 달치가 비설에게 말을 걸었다.

"달치, 비설하고 놀고 싶다. 비설 달치한테 맛있는 거 많이 사 준다. 그러니까 비설 빨리 나아야 달치 맛있는 거 먹는다."

"알았어요, 아저씨. 빨리 나아서 같이 맛있는 거 먹으러 가요. 저도 매일 미음만 먹으니 정말 죽을 맛이거든요."

비설이 우는소리를 하고 있을 때였다.

서 있던 혁련휘가 짧게 말했다.

"찬바람 몸에 안 좋아. 우선 돌아가지."

혁련휘의 명이 떨어지자 곧바로 환야가 고개를 끄덕이며 비설의 옆으로 다가왔다.

"그럼 비설은 제가……."

허나 환야의 뻗어진 손이 채 목적지에 도달하기도 전에

보다 빠르게 혁련휘가 나섰다.

"됐어. 내가 할게."

말을 끝내기 무섭게 혁련휘는 의자에 앉아 있는 비설을 양손으로 번쩍 안아 들었다. 갑작스러운 혁련휘의 행동에 환야와 부의민 모두가 기겁한 듯 그를 바라봤다.

허나 혁련휘는 그런 시선에는 아랑곳도 없이 비설이 덮고 있던 이불을 목까지 끌어 올리고는 곧바로 먼저 걸음을 옮기기 시작했다.

그렇게 선두에서 걸어가는 혁련휘의 뒤를 다른 세 사람이 뒤쫓아 걷고 있을 때였다.

혁련휘의 양팔에 안긴 상태로 가고 있던 비설이 고개를 들어 그의 얼굴을 응시한 채로 슬그머니 입을 열었다.

"저기…… 형님."

"왜?"

"……고생하셨어요."

그 자그마한 위로 섞인 말과 함께 비설이 혁련휘의 어깨를 가볍게 토닥였다.

그녀는 알고 있었다.

오랜 시간이 지났지만 그렇다고 해서 아픈 마음이 사라지는 건 아니다. 그저 조금 더 무덤덤한 척할 수 있는 것뿐이다.

지금의 혁련휘가 그랬다.

혁리원의 장례. 크게 흔들리지 않는 듯이 서 있었지만 그의 마음이 얼마나 아플지 비설은 너무나 잘 알았다.

그런 비설의 다독임은 혁련휘에게 무척이나 커다란 위로가 되어 줬다.

혁련휘가 자신의 품에 안겨 있는 비설을 향해 나지막이 말했다.

"고마워."

"……?"

갑작스러운 고맙다는 말에 눈을 동그랗게 뜬 비설이 그를 올려다보고 있을 때였다. 혁련휘가 그런 그녀를 바라보며 말했다.

"네가 있었기에…… 여기까지 올 수 있었어."

비설이라는 여인.

이 여인은 혁련휘에겐 하늘에서 준 선물과 다름없었다.

*　　*　　*

"알아보라고 한 건?"

혁련휘가 환야에게 묻는 건 다름 아닌 뭔가를 알려 주려던 천위극을 암습하여 순식간에 목을 잘라 버렸던 그 실의 정체다.

보통의 실로 절대십마의 하나인 천위극의 목숨을 앗아 갈 수는 없었을 터.

잘려진 실을 회수했던 혁련휘는 그걸 환야에게 건넸고 정체를 알아 오라 명했던 것이다.

혁련휘의 질문에 환야가 곧바로 자신이 비파월에게서 전해 들은 것을 그에게 보고했다.

"반룡수사(班龍鬚絲)라는 물건이랍니다."

"처음 들어 보는군."

"예, 많이 쓰이는 암기는 아니고 지금은 이걸 만들 수 있는 자가 전무하다시피 하여 찾기 어려운 물건이랍니다. 게다가 사용하는 게 쉽지 않아서 잘못하면 사용하는 본인의 손가락이 떨어져 나가는 경우가 더 많다고 하더군요."

"그래서 이걸 유통할 만한 자는 찾았고?"

"아뇨, 그건 지금 알아보고 있답니다. 근데 말씀드렸던 것처럼 워낙 사라진 지 오래된 물건인지라 알아내는 데 시간이 좀 걸릴 것 같답니다."

"급한 일이니 서둘러 달라고 해."

"그리 전하지요."

반룡수사라는 얇은 실만이 지금 그들이라는 존재를 캐낼 수 있는 단서다. 만약 그 암기를 만들어 내는 자를 통해 이

걸 구해 간 자의 정체를 알아낼 수 있다면 그 정체를 알 수 없는 자들에게 한 발자국 이상 더 다가갈 수 있다.

고개를 끄덕인 환야가 막 몸을 돌리려 할 때였다.

자리에 앉아 있던 혁련휘가 물었다.

"누이라는 자에게선 아무런 연락도 없고?"

"……예."

환야가 고개를 끄덕였다.

환야는 처음 유영인을 만났던 일에 대해 혁련휘에게 알리지 않았었다.

같은 편으로 오라는 유영인의 제안에 흔들려서가 아니다.

그녀에게 말했던 바대로 환야는 그 제안에 대해 일말의 고민조차 하지 않을 정도로 확고했으니까. 그저 다음에 만났을 때 유영인을 설득해 자신들의 편에 서도록 만들어 보고자 했었으니까.

그녀에 대한 보고는 그 이후의 일이라 여겼다.

그렇지만 이번 일은 그냥 넘어갈 사안이 아니었다.

그자들이 비설을 노렸으니까.

그랬기에 환야는 당시 천위극과의 싸움을 끝내고 돌아온 혁련휘에게 비설을 노리고 유영인이 왔다는 사실을 솔직히 말했다. 그리고 그녀와 자신의 관계까지도.

예전에도 만났던 일에 대해 뒤늦게 보고하며 사죄하던 환야의 말에도 혁련휘는 화를 내지도, 벌을 내리지도 않았다.

혁련휘는 사죄하는 환야에게 그저 고개를 끄덕이며 이렇게 말했다.

'네가 그래야 할 이유가 있었겠지' 라고.

그 한마디에서 환야는 자신에 대한 혁련휘의 확고한 믿음을 느낄 수 있었다.

그런 혁련휘를 보며 환야는 다시금 생각할 수밖에 없었다.

어찌 이런 사내를 배신할 수 있겠느냐고 말이다.

묵묵히 서 있는 환야를 향해 혁련휘가 말했다.

"한동안 이번 일의 뒤처리를 위해 여기저기 끌려다녀야 할 거야. 그동안 달치와 함께 비설을 잘 부탁해."

"걱정하지 않으셔도 됩니다. 비설 그 녀석도 정신을 차렸으니 이제 쉬이 당하진 않을 겁니다."

비록 몸 상태는 아직도 좋지 않다고는 하지만 그녀 정도 되는 무인이 정신을 차리고, 차리지 못하고는 큰 차이가 있다.

제아무리 몸이 좋지 않다 한들 암습 정도를 알아차리지 못할 리는 없다 확신했다.

그만큼 비설이 대단한 무인이라는 걸 알기에 가질 수 있는 믿음이었다.

환야의 확신 어린 대답에 혁련휘가 고개를 끄덕였다.

"믿지."

믿는다는 말에 환야는 씩 웃음을 보였다.

그렇게 잠시 환야를 바라보던 혁련휘가 자리에서 일어났다.

"그럼 슬슬 난 회의장에 가 봐야겠군."

"그런데 갑자기 무슨 일이랍니까?"

환야가 궁금하다는 듯이 물었다.

사실 오늘의 회의는 다소 급작스럽게 만들어진 자리였다. 그랬기에 환야가 궁금하다는 듯 물었고, 그런 그의 질문에 혁련휘 또한 가볍게 고개를 저으며 대답했다.

"글쎄. 평소에 피하기 바쁘던 주석인이 먼저 사람을 보낼 줄은 몰랐군그래."

혁련휘와 적대시하던 이들은 모두 그의 눈치를 보는 상황이다.

그렇다 보니 천위극이 사라지며 자연스레 가장 우두머리격이 되어 버린 주석인 또한 혁련휘를 피해 왔던 게 사실이다. 그러던 그가 중대한 일이라며 칠대천을 비롯한 마교의 수많은 이들에게 연락을 취해 자리를 마련했다.

사실 혁련휘가 안 가도 되었겠지만…….

갑작스레 돌변한 주석인의 행동이 신경 쓰였기에 오늘 그 자리에 참석하기 위해 움직이는 것이다.

분명 뭔가 꿍꿍이가 있을 터.

혁련휘는 옆에 벗어 두었던 겉옷을 걸치며 짧게 말했다.

"어떤 개소리를 지껄여 댈지 가서 듣고나 오려고."

*　　*　　*

혁련휘를 비롯한 마교의 수뇌부들이 약속된 시각인 술시(戌時)를 기점으로 하여 하나둘씩 모이기 시작했다.

해가 져서 어둑해진 주변.

그렇게 하나둘씩 모이기 시작한 철궁전(鐵弓殿)에는 제법 적지 않은 숫자의 무인들이 자리했다.

칠대천을 비롯하여 마교의 몇몇 장로들과 노고수들. 그리고 칠대천에 비해서는 약하다고는 하지만 그래도 제법 큰 세력을 지닌 여타 세력의 수장들 또한 자리한 철궁전에는 묘한 기류가 가득했다.

한자리에 있다고는 하지만 엄연히 다른 입장의 이들이 모인 탓이다.

이들 중 혁련휘의 편을 들었던 자들의 표정은 밝았고, 그 반대로 적대시하던 이들은 연신 눈치를 보며 어떻게든 이번 모임을 기점으로 분위기의 반전을 노리고 있었다.

이미 대세는 기울어졌다 해도 과언이 아닌 상황.

이제 혁련휘에게 대적할 만한 마교 내부의 세력은 남아 있지 않았다.

칠대천들 대부분의 개인 무력 단체들이 마교에 일시적으로나마 귀속되었다.

허나 말이 일시적이지, 실질적으로 그 기간이 얼마가 될지는 아직 아무도 모르는 일이다.

거기다 소교주의 죽음이 확인되며 혁무조의 실질적인 유일한 핏줄이 된 것이 바로 혁련휘다.

그리고 교주가 전적으로 밀어주는 모양새를 취한 지금 당연히 모든 권력이 혁련휘에게로 향할 수밖에 없었다.

그런 기간 내에 뭔가 대공자에게 꼬투리를 잡힌다면 일말의 반항을 할 틈도 없이 큰 화를 당하게 될 게 불 보듯 뻔한 지금 그의 앞에 서는 게 마음 편할 리가 없다.

처음 혁련휘가 소집령을 내렸을 당시 대부분이 참석하지 않았다.

그렇지만 지금은 오히려 그 반대였다.

혁련휘가 온다는 말에 앞다투어 이곳 철궁전에 찾아온 것이다.

그 정도로 지금 혁련휘의 위세는 마교 내부에서 적수를 찾기 어려울 정도로 거대하게 변해 있는 상태였다.

모두가 착석한 상태에서 그들은 조용히 한 사람을 기다렸다.

오늘 이 자리의 주인공, 혁련휘를 기다리고 있는 것이다.

침묵이 길어지고 있을 무렵 입구를 지키고 있던 무인이 목청을 높여 안쪽으로 소리쳤다.

"대공자님 드십니다!"

앉아 있던 많은 이들이 그 한마디에 일사불란하게 자리를 박차고 일어났다. 마교의 주축이 되는 수백 명의 주요 인물들이 하나같이 입구 쪽을 향해 시선을 돌렸다.

그리고 이내 열린 문을 통해 한 사내가 다가오고 있었다.

혁련휘, 그가 부의민 한 명만을 대동한 채로 이곳 철궁전에 들어서고 있었다. 혁련휘가 입구 안으로 한 걸음 내딛는 순간 자리하고 있는 모두가 한목소리로 소리쳤다.

"대공자님을 뵙습니다!"

철궁전 내부를 쩌렁쩌렁 울리는 그 소리는 지금 혁련휘의 위세를 말해 주는 듯했다. 그런 환대에 혁련휘와 함께 갔던 부의민이 슬쩍 미간을 찡그렸다.

혁련휘가 마교로 돌아왔을 때부터 함께했던 그였기에 지금 이 상황이 뿌듯하면서도 한편으로는 기가 찼다.

'그때는 없는 사람 취급하더니 말이야.'

대놓고 혁련휘와 적대시하던 몇몇 이들을 눈에 담으며 부의민은 속으로 투덜거렸다.

항상 투덜거리는 부의민이긴 하지만 그래도 지금 이 상황이 마냥 나쁘진 않았다.

그때 그렇게 혁련휘를 무시하던 이들이 지금에 와서는 고개를 조아리고 있으니, 이 또한 나름 통쾌한 복수가 아니겠는가.

마교의 주축이라 해도 과언이 아닌 무인들의 시선을 한눈에 받으며 혁련휘는 자신의 자리를 향해 걸어갔다.

보통 사람이라면 이런 이들에게 둘러싸인 것만으로도 긴장하기 마련이거늘 혁련휘에게서는 언제나처럼 전혀 그런 기색이 보이지 않았다.

마치 이 자리가 당연히 자신의 것이라도 되는 것처럼.

혁련휘가 상석에 위치되어 있는 자리에 앉았고, 곧바로 시녀들이 준비해 둔 술상을 각자의 앞에 있는 탁자에 올려놓았다.

술상이 위치하자마자 기다렸다는 듯이 혈뢰주가의 가주 주석인이 자리에서 일어났다.

"식사들 하셨을 것 같아 간단하게 술상을 준비하였습니다. 다들 즐거이 즐기시지요. 그리고 저희 가문에서 만드는 특산주를 대공자님을 위해 특별히 준비하였습니다."

특산주라는 말에 술을 좋아하는 일부의 무인들의 눈이 휘둥그레졌다.

혈뢰주가의 특산주는 마교 내에서도 그 맛이 뛰어나기로 정평이 나 있었기 때문이다.

평상시 외부로 잘 반출이 안 되는 탓에 맛을 보는 게 그리 쉽지 않다 들었는데…….

주석인이 곧바로 자신의 술상에 놓여 있는 술잔을 들어 올렸다.

"자, 그럼 그런 의미로 건배의 잔을 들고……."

주석인이 목청을 높여 분위기를 띄우려 하는 그때였다.

타악.

갑자기 들려온 소리에 모두의 시선이 그쪽으로 향했고, 그곳에선 잔을 소리 나게 탁자에 내려놓은 혁련휘가 모두를 내려다보고 있었다.

혁련휘가 천천히 입을 열었다.

"술이나 먹자고 모인 자리인가?"

달아오르려던 분위기가 혁련휘의 그 한마디에 곧바로 차갑게 식어 버렸다.

모두가 입을 굳게 닫은 채 침묵하고 있는 그때 혁련휘의 화살이 주석인에게로 돌아갔다.

"주 가주, 오늘 이 회의를 만든 건 당신이야. 그러니 시작해 봐. 무슨 이야기를 하려고 오늘 이 자리를 만들었는지."

혁련휘는 주석인을 뚫어져라 응시한 채로 목소리에 힘을 주어 말을 내뱉었다.

쓸데없는 소리 말고 본론으로 들어가라는 혁련휘의 재촉에 주석인은 손에 들고 있던 술잔을 앞에 내려놓았다.

곧바로 치고 들어오는 혁련휘의 행동이 내심 당황스럽긴 했지만 이 사내에 대해 어느 정도 내성이 생긴 상황이다.

더군다나 지금 자신이 할 이야기는 혁련휘의 심기를 어지럽힐지는 모르겠으나, 결코 마교의 율법에 어긋나는 건 아니었기에 주석인은 망설이지 않고 자신이 생각하고 있던 속내를 드러냈다.

"대공자님의 명이 있으시니 곧바로 본론을 말씀드리지요. 오늘 제가 많은 분들을 모신 이유는 다름 아닌 마교의 미래를 위함입니다."

마교의 미래라는 거창한 말을 꺼내 놓은 주석인은 금세 말을 이었다.

"최근의 마교는 무척이나 시끄럽습니다. 마교가 무엇입니까? 현 무림의 주인이자, 천하의 기둥입니다. 그런 저희가 흔들린다면 천하가 흔들리는 법이지요. 이런 상황에서

외적으로나, 내적으로 저희의 내실을 다지기 위해서는 확실한 후계자가 필요한 법입니다. 그리고 당연히 그 후계자는 대공자님이십니다."

입에 발린 소리를 늘어놓는 주석인에게 모두의 시선이 집중되어 있는 그때, 마침내 그가 마음에 담아 두었던 회심의 패를 꺼내어 들었다.

웃는 얼굴로 주석인이 입을 열었다.

"이 어지러운 마교의 상황을 정리하기 위해서는 대공자님의 능력도 필요하지만, 그보다 먼저여야 할 것은 다름 아닌 안정이라 여겨집니다."

그가 길게 숨을 내쉬고는 곧바로 말을 이었다.

"그런 연유로 저는 대공자님의 혼인을 간곡히 청하는 바입니다."

"……뭐? 혼인?"

"예, 혼인 말입니다."

무슨 헛소리를 지껄일까 많은 예상을 해 왔던 혁련휘다.

그렇지만 적어도 그 안에 혼인은 없었다. 생각지도 못했던 말에 혁련휘가 그저 표정만 슬쩍 찌푸리고 있을 때였다.

주석인이 말했다.

"아시겠지만 돌아가신 소교주님에게도 약혼녀가 있으셨습니다. 그리고 비단 소교주님 때문만은 아닙니다. 당연히 마교의 후계자가 되실 분에겐 배우자가 있어야 합니다. 후사를 준비하기 위함이고, 마교라는 커다란 나무를 지탱하기 위해 당연히 이루어져야 할 중대사라 여겨집니다. 이것은 대대로 이어진 마교의 율법을 따르는 일이니 결코 때를 늦추어선 안 될 일입니다."

이미 이 같은 사실을 전해 들은 이들은 주석인의 말에 고개를 끄덕이며 동조의 빛을 내비쳤다.

그리고 혁련휘의 편에 섰던 이들 또한 지금 주석인이 한 말에는 크게 반발하지 않았다.

무슨 의도가 있든 간에 그가 말한 것은 순리였기 때문이다.

후계자에게 안사람은 필수다.

더군다나 지금 같이 혼란한 시기에 후계자인 혁련휘의 안정은 무척이나 중요한 부분이었다.

인륜지대사로까지 불리는 혼인이 아니던가.

특히나 이런 거대한 집단을 이끄는 수장에게 혼인이란 더더욱 필수불가결한 요소였다.

가정 하나 이뤄 보지 못한 자가 수십만 명의 목숨을 책임진다는 게 가당키나 하단 말인가.

그랬기에 예로부터 황제를 비롯한 지배자들은 일찍부터 혼인을 하곤 했다.

가정을 이루고 집안이 안정돼야 바깥일을 해도 성공할 수 있다 여긴 탓이다.

그리고 이런 부분은 마교 또한 크게 다르지 않았다.

그 사실을 혁련휘 또한 모르는 바는 아니었지만…….

"지금이 혼인 따위를 논할 때인가?"

"지금 같은 시기이니 더욱 중요한 일입니다, 대공자님."

주석인이 빠르게 받아쳤다.

지금 이것만이 자신들이 살 수 있는 길인 것을 너무나 잘 알았으니까.

'이번 기회를 놓치면 안 된다!'

혁련휘가 쉬이 그러라고 하지 않을 거라는 건 어느 정도 예상했던 바. 허나 주석인은 이번 기회를 놓칠 수 없었다.

그가 말했다.

"대공자님은 마교의 새로운 지존이 되실 분이옵니다. 그리고 그러기 위해서는 안정적인 가정부터 가지시는 것이 순리라 여겨집니다."

"맞습니다, 대공자님. 저 또한 주 가주의 의견에 동의합니다."

미리 언질을 받아 준비하고 있던 중년인이 주석인의 말을 도왔다. 그리고 덩달아 많은 이들이 웅성거리며 고개를 끄덕거렸다.

주석인은 분위기를 타고 재빠르게 말을 이었다.

"절대 억지로 저희가 누군가를 정해 혼인을 하시라는 것이 아닙니다. 대공자님이 마음에 드는 그런 사람을 직접 찾으시면 됩니다. 그런 연유로 저는 대공자님에게 어울릴 배필을 찾기 위해 연회를 준비하고자 합니다. 마교 소속의 수많은 영애(令愛)들을 모으지요. 개중에서 대공자님의 짝이 될 만한 이가 있다 여겨지시면 선택만 하시면 되는 것입니다. 이 일은 결코 미뤄져서는 아니 될 일이옵니다, 대공자님."

"……그러니까 공개적으로 내 배필을 찾겠다?"

"예, 그렇습니다. 그리고 선택은 말씀드린 것처럼 대공자님의 몫입니다. 혹여나 맘에 차는 이가 없으시면 바로 선택하지 않으셔도 됩니다."

주석인은 고개를 조아리며 슬쩍 혁련휘의 눈치를 살폈다.

별다른 대답 없는 혁련휘를 보며 주석인은 생각했다.

'내키지 않겠지. 그렇지만 어쩌겠느냐.'

이미 혼인을 하고도 한참은 지났을 나이인 혁련휘다.

혼인에 대한 이야기가 나오는 건 자연스러운 것이었고, 더군다나 그 선택을 다른 누구도 아닌 본인에게 맡기겠다 했다.

억지로 누군가를 떠미는 모양새가 아니라는 거다.

스스로에게 선택하게 둔다 했으니 반발심 또한 그리 크게 생길 상황은 아니었다.

그리고 마음에 드는 이가 없다면 바로 정하지 않아도 된다는 사실을 언급하며 혁련휘에게 또 하나의 선택지를 준 것이다.

'선택을 안 해도 되겠다 여기겠지.'

물론 그것도 있을 순 있는 일이다.

억지로 만들어진 자리 그저 시간 끌기용으로 내버려 둘 순 있다.

그렇지만 과연 마교의 많은 노고수들이 그런 꼴을 두고 볼까?

그들은 자연스레 주석인과 마찬가지로 혁련휘에게 혼인을 종용하게 될 것이다. 그렇게 되면 결국 혁련휘는 이번이 아니더라도 선택을 해야만 한다.

그런 상황에서 혁련휘가 할 수 있는 가장 최선의 선택.

그게 바로 자신들일 거라는 확신이 있었다.

혈뢰주가라는 거대한 세력, 그리고 마교의 가장 아름다운 꽃이라 칭해질 정도의 미모를 지닌 여인 주여진까지.

영특한 혁련휘라면 뭐가 가장 자신에게 득이 될지 판단할 수 있으리라.

이런 모든 속내를 감추고 주석인은 다른 이들에게 시선을 돌린 채로 물었다.

"외부에 나가 있는 이들에게도 공평한 기회가 있어야 하니 넉넉히 시간을 두지요. 사십 일 정도 후면 어떻겠습니까? 여러분."

사십 일이라는 말에 대부분의 사람들이 고개를 끄덕거렸다.

그 정도 기간이라면 혹여나 마교에 없는 여인이라 할지라도 연락을 취해 들어오게 할 정도의 여유는 됐으니 말이다.

갑작스럽게 거론된 대공자의 혼인과 관련된 이야기. 조용한 분위기 속에서 많은 이들의 눈동자가 번뜩였다.

이건 엄청난 기회다.

마교 교주의 하나뿐인 혈육. 그런 그와 혼인으로 이어진다는 게 어떠한 의미인지 모를 이는 이곳에 자리하지 않았다.

그런 분위기를 모르지 않는 주석인이었기에 그는 속으로 내심 비웃음을 흘렸다.

'네놈들이 아무리 욕심을 내도 그 자리는 이미 내 것이야.'

최고의 권력, 최고의 미녀를 가지고 있다.

질 리가 없지 않은가.

속내가 어찌 됐든 간에 주석인은 공평하게 기회를 준다는 사실을 다시금 확실하게 말했다.

"그럼 이 자리에 모이신 분들은 모두 동의하신 걸로 알고 돌아가는 대로 정확하게 일정을 잡아 본교에 있는 모든 이들에게 통보하도록 하겠습니다. 가문이나 지위 고하에 상관없이 혼인하지 않은 여인이라면 누구나 참석하실 수 있는 자리로 만들지요."

"좋습니다. 주 가주님의 말대로 그리하지요."

장로 중 하나가 크게 고개를 끄덕이며 동조했고, 여타의 다른 이들 또한 그런 주석인의 제안에 만족스러운 표정을 지어 보였다.

그렇게 이곳에 모인 이들에게 추후의 일에 대해 짧게나마 설명하는 주석인을 바라보던 혁련휘가 자신의 턱을 어루만졌다.

'혼인이라…… 생각지도 못한 수를 썼군, 주석인.'

허나 혁련휘는 크게 신경 쓰지 않았다.

주석인이 노리고자 하는 게 무엇인지 이미 혁련휘는 잘 알고 있었다. 그가 의미 없는 행동을 할 리가 없다. 마교를 위한다는 그의 말은 허울뿐인 거짓말일 것이다.

그는 자신과 가문이 먼저인 자다.

그런 주석인이 이 같은 제안을 했다는 게 무엇을 의미하겠는가?

바로 이번 혼인으로 득을 보겠다는 심산인 것이다.

허나 주석인의 말대로 선택은 혁련휘의 몫이다.

그랬기에 그가 무슨 짓을 하든 결국 결정권은 자신이 쥐고 있다는 말이기도 했다.

혼인이라는 생각지도 못한 말에 잠시 머리가 복잡하긴 했지만 오히려 잘됐다.

주석인이 다른 쪽에 신경을 쓰는 동안 가장 주시하고 있던 그에 대한 조사를 더욱 할 수 있는 상황이 됐으니까.

혁련휘가 말없이 주석인을 내려다봤다.

그가 혼인이라는 승부수를 던진 이상 혁련휘 또한 가만히 있을 생각은 없었다.

2장. 마음

— 어쩌죠, 형님?

겨울의 차디찬 한풍(寒風)이 서서히 사그라지고 있었다.

얼어붙었던 땅은 서서히 녹기 시작했고 추웠던 날씨도 이제는 다소 쌀쌀한 정도로 뒤바뀔 정도의 시간이 흘렀다.

그렇게 시간이 흐르며 많은 것들이 시작되고 있었다. 혁련휘의 혼인과 관련된 연회가 점점 다가왔고, 병상에 누워 있던 비설의 상태는 무척이나 많이 호전되어 가고 있었다.

얼마 전부터는 미음이 아닌 보통 식사를 해도 될 정도로 나아진 그녀다. 그런 비설이 오랜만에 자리를 박차고 일어나 연무장으로 향했다.

눈을 감은 그녀는 주변의 모든 것들에 집중했다.

비설의 감각에 수많은 것들이 걸려 들어왔다.

바람으로 인해 흔들리는 나뭇잎의 자잘한 흔들림에서부터 장원 근처를 지나다니는 이들의 발걸음까지도.

눈을 감고 서 있는 비설의 인근에 환야와 부의민이 자리하고 있었다.

두 사람은 말없이 일각이 넘는 시간을 서 있는 비설을 바닥에 앉은 채로 바라봤다.

그저 가만히 서 있는 것뿐이다.

그런데도 불구하고 비설에게서는 쉬이 범접하기 힘든 분위기가 풍겨져 나왔다.

그 모습을 보고 있던 환야가 속으로 혀를 찼다.

'빈틈이 없네.'

사십 일 가까운 시간을 누워서 지냈던 자라고는 상상도 할 수 없는 모습이다.

눈을 감은 채로 팔은 축 내려트리고 있는 비설은 빈틈투성이로만 보였다.

허나 그건 모르는 사람이나 할 소리다.

완벽히 자연과 동화된 자세.

그 어디에서 공격을 가해도 비설이 반응할 수 있을 거라는 걸 환야는 너무나 잘 알고 있었다.

그런 비설을 바라보던 환야가 바닥에 널브러져 있는 돌

멩이 하나를 슬그머니 주워 들었다. 그러고는 그 돌멩이를 비설이 서 있는 쪽을 향해 휙 하니 집어 던졌다.

내공이 실리진 않았지만 제법 빠른 속도로 날아드는 손톱만 한 크기의 돌멩이. 그렇지만 그 자그마한 것조차도 비설의 감각을 피해 갈 순 없었다.

움찔.

어깨가 흔들린다 생각하는 순간 번개처럼 뽑아져 나온 두 자루의 자미쌍검이 날아드는 돌멩이를 세 등분으로 갈라 버렸다.

투두둑.

떨어져 내린 돌멩이, 그리고 자미쌍검을 뽑아 들었던 비설이 슬그머니 눈을 떴다.

눈을 뜬 비설은 이내 시선을 돌려 돌멩이가 날아온 쪽을 바라보았고, 그곳에 자리하고 있던 환야가 씩 웃으며 입을 열었다.

"밥 먹으러 가자."

그런 그의 말에 비설은 자미쌍검을 검집에 집어넣으며 밝은 얼굴로 다가갔다.

"그럴까요?"

"밥 먹으러 가자는 말에 얼굴이 폈네."

"어휴, 방에 틀어박혀서 매일 몸에 좋은 것만 먹어 댔더

니만 속이 비명을 질러서요."

비설이 죽는소리를 하고 있자 환야의 옆에 있던 부의민이 걱정스레 물었다.

"그런데 밖에 나가서 먹어도 되긴 하는 거냐? 대공자 몰래 그랬다가 걸리면……."

"자식이 겁은 많아 가지고. 이미 의원한테 확인도 받았고, 대장한테도 오랜만에 나가서 식사 좀 하고 오겠다고 미리 말도 해 놨으니 걱정 붙들어 매라고."

"그래? 그럼 달치 녀석도 데리고 올게."

말을 마친 부의민이 휙 하니 달치를 데리러 달려갔다.

중요한 업무를 하기 위해 자리를 비운 혁련휘를 제외한 네 명의 인원이 마교의 외성을 거닐고 있었다.

뭔가를 먹기 위해 나선 그들은 무척이나 들떠 보였다.

특히나 오랜만에 장원 밖으로 외출을 나선 비설의 기분은 이루 말하기 힘들 정도로 들떴다.

몸 상태가 많이 호전된 상황에서도 혁련휘는 그녀를 걱정했고, 그런 그에게 걱정 끼치고 싶지 않았기에 비설 또한 외부로의 외출은 스스로 자제했었던 것이다.

외성으로 나오기 무섭게 환야가 물었다.

"어디로 갈래?"

"만두 잘하는 그 객잔이요."

묻기 무섭게 터져 나오는 대답에 환야가 고개를 절레절레 저었다.

허나 오늘의 주인공은 비설이었기에 그녀가 원하는 대로 마교 내에서 비설이 가장 좋아하는 만두를 파는 천도객잔으로 향했다.

그런데…….

"죄송합니다. 오늘은 저녁부터 영업을 할 것 같습니다."

주문한 것들이 오지 않은 탓에 천도객잔은 점심시간에 영업을 하지 못하는 상황이었던 것이다. 그랬기에 비설은 아쉬움을 달래고 다른 곳을 향해 발걸음을 옮겨야만 했다.

천도객잔에서 그리 멀지 않은 곳에 위치한 객잔에 자리를 잡은 비설은 못내 아쉽다는 듯 중얼거렸다.

"아, 누워서 매일 천도객잔 만두 먹는 생각만 했는데."

"뭐 오늘만 날이냐. 나중에 와서 먹으면 되지. 아쉽더라도 이런 거 먹는 게 어디냐. 얼마 전까지만 해도 미음만 먹어 놓고는."

부의민의 말에 비설 또한 고개를 끄덕였다.

그의 말대로 아쉽긴 하지만 미음만 먹었던 며칠 전보다는 상황이 훨씬 나았으니까.

이 층 창가 쪽에 위치한 자리에서 음식들을 주문한 비설은 오랜만에 보는 마교의 거리를 내려다보고 있었다.

분주하게 움직이는 사람들.

그런 그들을 가만히 내려다보던 비설은 아까부터 느꼈던 이상한 점들을 다시금 확인할 수 있었다.

'오늘따라 이상하게 비단이나 장신구 파는 곳들이 많이 보이네.'

평상시에도 많긴 했지만 객잔으로 오는 내내 많은 이들이 비단이나 장신구들을 들고 어딘가로 다급히 가는 것들을 보곤 했다.

그런 모습에 의아해하면서도 별일 아니겠거니 넘겼던 그녀다.

그렇지만 이곳 객잔에서 내려다보는 길거리의 풍경 또한 크게 다르지 않으니 점점 의문이 드는 건 당연했다.

허나 때마침 날아온 음식에 비설은 그런 고민을 잠시 지우고는 젓가락을 들어 올렸다.

기름기가 흐르는 음식을 마주한 비설이 싱글벙글 웃으며 입을 열었다.

"잘 먹겠습니다."

그 말을 시작으로 비설은 달치와 경쟁이라도 하듯이 가지고 온 음식들을 허겁지겁 먹기 시작했다. 그런 둘의 모습을 환야와 부의민이 혀를 차면서 보고 있을 때였다.

객잔 일 층으로 들어오는 일련의 비단 장수들의 모습이 비설의 눈에 다시금 걸렸다.

막 돼지고기를 입에 넣으며 우물거리던 비설은 그제서야 오늘따라 유난히 많이 보이던 비단과 장신구들이 다시금 생각났는지 그쪽을 바라보며 물었다.

"그런데 오늘 왜 이렇게 비단이나 장신구 같은 물건 파는 사람들이 많아요?"

비설의 질문에 반대편에 앉아 식사를 하던 환야가 움찔했다.

그가 무슨 말을 해야 하나 고민하는 그 짧은 틈에 옆에 앉아 있던 부의민이 입을 열었다.

"아, 넌 오랜만에 나와서 익숙지 않겠구나. 뭐 최근 마교 내부에서는 자주 보는 광경이라 낯설지가 않네."

"그래요? 무슨 일이 있나 봐요?"

대수롭지 않다는 듯 물어 오는 비설을 향해 부의민이 말했다.

"대공자 혼인 때문이잖아."

"……네?"

웃는 얼굴로 음식을 우물거리던 비설의 얼굴이 부의민의 그 한마디에 갑자기 딱딱하게 굳었다. 그런 그녀를 향해 부의민이 물었다.

"몰랐냐? 곧 대공자와 혼인할 여인을 뽑을 연회가 있잖아."

부의민의 말을 전해 듣던 비설은 갑자기 목이 콱 하고 막히는 듯한 기분이 들었다.

'형님이…… 혼인을?'

갑자기 머리가 새하얗게 변했고, 앞에 있는 것들이 아무것도 눈에 들어오지 않았다.

그런 그녀를 앞에 둔 채로 부의민이 말을 이었다.

"후계자의 자리에 오르게 될 테니 안사람이 필요하다나 뭐라나 하면서 고위층들이 밀어붙인다고 하나 봐. 대공자도 수락한 걸 보면 어느 정도 생각은 있는 거겠지. 혼기가 지난 것도 사실이고 말이야."

자신도 모르는 틈에 젓가락을 탁자 위에 내려놓은 비설은 탁자 아래에서 자신의 손을 어루만지기 시작했다.

이상할 정도로 손이 떨려 온다.

대체 왜 이러는 걸까?

부의민이 말대로 혼사를 치러도 한참 전에는 치렀어야 할 나이다. 거기다 마교의 정식 후계자가 되면 당연히 혼인에 대한 이야기가 나와도 이상할 것 하나 없는 상황.

그게 머리로는 이해가 되는데…… 이상하게 비설은 안절부절못하고 있었다.

갑자기 이 자리가 가시방석이라도 된 것처럼 그녀는 입술을 깨물었다가 손가락을 꼬물거리기를 반복했다.

입 안이 바짝바짝 말랐고, 머리는 핑 돈다.

마음이 마구 파도에 휩쓸린 것처럼 이리저리 뒤흔들리는 느낌이다.

갑작스럽게 젓가락을 놓은 채 멍하니 앉아 있는 그녀를 확인한 부의민이 이상하다는 얼굴로 물었다.

"갑자기 안 먹고 뭐 해?"

"어…… 음, 그게."

뭐라고 말을 해야 할까?

머리가 복잡한 탓에 이런 물음에 대한 답조차 쉬이 떨어지지 않는다. 비설은 흐트러지는 정신을 애써 붙잡으며 억지로 웃음을 지어 보였다.

"……갑자기 배가 불러서요."

"애가 머리를 다쳐서 그런가. 갑자기 안 하던 소리를 다 하네. 겨우 이거 먹고 배가 부르다고?"

부의민이 이해가 안 간다는 듯이 물었고, 그런 그를 향해 비설이 억지로 목소리를 쥐어짜서 말했다.

"그러게요. 전 괜찮으니까 많이 드세요."

음식을 먹을 수가 없었다.

숨조차 쉴 수 없을 정도로 목이 막혀 온 지금, 이런 음식을 넘길 수 있을 리 없었으니까.

비설이 가슴이 답답한지 자그마한 주먹을 말아 쥐고는 스스로의 명치를 가볍게 두드렸다.

갑자기…… 소화가 되지 않는다.

그리고 그런 그녀를 환야가 말없이 바라만 보고 있었다.

* * *

바깥으로 식사를 하기 위해 떠났던 그들은 점심 식사를 마치고 곧바로 장원으로 돌아왔다.

혁련휘의 혼인에 대한 이야기를 갑작스럽게 전해 들은 비설은 한마디 말도 하지 않고 자신의 방으로 죽은 듯이 걸어 들어갔다.

방으로 들어선 비설은 곧바로 자신의 침상에 털썩 쓰러지듯 드러눕고야 말았다.

천장을 멍하니 올려다보던 비설이 자그맣게 중얼거렸다.

"혼인이라고?"

혁련휘가 혼인을 하게 될지도 모른다는 사실을 전해 들은 것만으로 그녀는 정신을 차릴 수가 없었다. 대체 왜일까?

혁련휘가 혼인을 한다 해서 그를 영영 볼 수 없는 것도 아니고, 아무런 것도 변하는 게 없는데 왜 이리도 마음이 심란한 걸까.

도통 이해가 가지 않았지만 하나 분명한 건 뭔가 체한 것처럼 답답했고, 마음이 아프다는 것이다.

그녀는 답답한 감정을 추스르기 힘들었는지 머리맡에 있는 베개를 손으로 끄집어 와서 얼굴을 파묻었다.

'대체 왜 이러지?'

비설은 스스로가 이해가 되지 않았다.

자리에서 일어나 앉았다, 다시 누웠다를 반복하기 수십 번. 그렇게 시간이 흐르던 차에 방문이 열리며 누군가가 걸어 들어왔다.

때마침 멍하니 앉아 있던 비설이 다가오는 기척을 느끼며 정신을 차렸다.

"뭐하고 있어?"

물어 오는 목소리를 듣는 순간 비설은 마음이 찌르르하고 울리는 걸 느꼈다.

혁련휘, 그를 보자 이상하리만큼 감정이 흔들린다.

그렇지만 비설은 그런 자신의 마음을 애써 추슬렀다. 혁련휘를 위해서라면 그가 어떠한 결정을 내리든 그걸 따라주는 것이 자신이 해야 할 일이라 생각한 탓이다.

비설은 애써 자신의 감정을 억누르며 웃는 얼굴로 혁련

휘를 맞았다.

"다녀오셨어요, 형님?"

"오늘 바깥에서 식사했다면서. 오랜만에 좋아하는 만두 좀 먹었고?"

혁련휘의 질문에 비설이 괴로운 듯이 말했다.

"하필이면 오늘 천도객잔이 저녁부터 영업을 한다고 해서 다른 데로 갔었어요."

"그렇게 천도객잔 노래를 불러 대더니만."

"뭐 어쩌겠어요. 나중에 천천히 가야죠."

아쉽다는 듯 중얼거리는 비설을 바라보던 혁련휘가 이내 의자에 걸터앉았다.

혁련휘는 창을 통해 하늘을 올려다봤다.

새카만 구름들이 몰려오는 걸 보고 있자니 조만간 봄비라도 내릴 기세다.

창밖으로 손을 내민 혁련휘가 나지막이 중얼거렸다.

"날씨가 많이 풀렸군."

"그죠? 조만간 큰비 한번 내리고 날씨도 많이 따뜻해질 것 같아요."

"그러게. 벌써 시간이 이리도 되었군."

혁련휘는 말없이 창밖을 바라봤다.

일 년 전 이맘 즈음에 혁련휘는 세상 밖으로 걸어 나왔다.

환영학관에 들어갔고, 그곳을 시작으로 해서 마교로 돌아왔다.

일 년의 시간은 혁련휘가 세상에 다시금 모습을 드러낸 기간이기도 했고, 또한 비설과 만난 지도 어느덧 일 년이 다 되어 간다는 뜻이기도 했다.

많은 일들이 있었던 일 년이었다.

혁련휘의 인생에서 어쩌면 가장 중요했을지도 모르는 그런 시간들.

말없이 앉아 있는 혁련휘의 옆모습을 바라보던 비설은 자신의 손가락을 어루만졌다. 사실 묻고 싶은 게 많았다.

정말로 혼인을 할 거냐고. 왜 자기한테는 이 같은 일에 대해 말해 주지 않았냐고도 묻고 싶었다.

그렇지만 차마 입이 떨어지지 않았다.

만약 혼인을 하겠다고 하면 뭐라고 해야 할까?

축하한다는 말을 해야겠지. 그렇게 생각은 하지만…… 이상하게 그 말이 차마 떨어지지 않을 것만 같다.

비설이 어쩔 줄 몰라 하고 있는 그때, 문을 두드리고는 환야가 걸어 들어왔다.

창밖을 바라보고 있던 혁련휘의 시선이 걸어 들어온 환야에게로 향했다.

"무슨 일이지?"

"혈뢰주가에서 사람이 왔습니다."

"사람?"

"예, 이번 배필을 찾는 연회에 대해 보고드릴 게 있다면서 사람을 보냈습니다."

"……그래?"

혁련휘가 슬쩍 비설을 바라보고는 이내 고개를 끄덕였다.

혁련휘의 승낙이 떨어지자 환야는 잠시 장원의 입구로 갔고, 이내 그곳에서 누군가를 데리고 두 사람이 기거하고 있는 방으로 다가왔다.

배필을 찾는 연회라는 말에 굳은 얼굴로 앉아 있던 비설의 코로 연한 꽃향기가 밀려들었다.

여인의 냄새다.

비설이 퍼뜩 정신을 차리고 고개를 드는 바로 그 순간 문을 통해 한 여인이 모습을 드러내고 있었다.

분홍색 옷을 곱게 차려입은 여인.

긴 검은 머리칼을 단정하게 정리하고, 새하얀 얼굴과 대비되어 더욱 도드라져 보이는 붉은 입술.

사내의 마음을 훔치기에 조금의 모자람도 없는 빼어난 미모를 지닌 여인이 그곳에 자리하고 있었다.

여인의 정체는 바로 주석인의 조카이자, 그가 준비해 둔 최고의 패. 바로 마교삼화 중 으뜸이라 일컬어지는 주여진이었다.

그녀가 웃는 얼굴로 혁련휘에게 예를 갖추며 입을 열었다.

"대공자님을 뵈어요."

주여진의 등장에 혁련휘가 살짝 표정을 찡그렸다.

배필을 찾는 연회에 관한 보고를 위해 사람을 보내왔다 들었다. 그런데 그런 장소에 나타난 것은 아름다움을 마구 뿜어 대는 한 여인이었다.

굳이 이야기를 섞지 않았음에도 혁련휘는 알 수 있었다.

이 여인이 그저 간단하게 주석인의 말만 전하러 온 게 아니라는 것 정도는. 단지 말을 전하러 오기에는 너무도 과한 사람에, 과한 꾸밈이라는 생각이 들었으니까.

그리고 그런 혁련휘의 생각은 틀리지 않았다.

눈도장을 받으러 온 것이다.

그 자리에서 처음 본다 해도 주여진이 화려하게 빛날 거라는 건 믿어 의심치 않았다.

그렇지만 이런 식으로 은근히 한 번의 독대를 통해 그 아름다움을 확실하게 각인시킬 수만 있다면, 연회에서 다시 만나는 그 순간보다 쉽게 눈에 들어올 거라는 치밀한 계산이 깔려 있는 만남이었다.

그냥 보낸 것이라면 형평성의 문제가 될 수도 있었다. 허나 이번 연회에 대해 전할 말이 있다는 건수를 핑계 삼아 주석인은 은근슬쩍 이같이 그녀를 먼저 혁련휘에게 소개시키고자 한 것이다.

혁련휘가 먼저 물었다.

"누구냐."

"혈뢰주가 가주님이 제 숙부세요. 제 이름은 주여진이라고 하옵니다."

주여진이라는 이름을 들은 비설은 말없이 그녀를 응시했다.

어찌 그 이름을 모르겠는가. 제아무리 이런 쪽으로 관심이 없다 해도 귀가 따가울 정도로 호사가들이 떠들어 대는 그 이름을.

천하제일미라고까지 불리는 여인이 바로 주여진이 아니던가.

주여진이 말을 이었다.

"이번 혼례 건으로……."

"저기, 잠시만요."

자신의 말을 자르고 들어오는 비설의 행동에 주여진은 속으로 내심 불쾌감이 밀려들었다. 그렇지만 지금 자신이 있는 곳은 대공자의 앞. 쉽사리 자신의 감정을 드러낼 순 없었다.

차갑게 주여진을 바라보던 혁련휘가 비설의 목소리를 듣고는 그녀를 향해 고개를 돌렸다.

비설이 혁련휘를 향해 말을 걸었다.

"저 잠시 나갔다 올게요, 형님."

"지금?"

"네, 중요한 이야기하시는 것 같은데 잠시 자리 좀 피할까 해서요."

"굳이 갈 필요는……."

혁련휘의 말에 비설은 고개를 저었다.

이 자리에 있는 게 불편했다. 혼례라는 말이 나올 때마다 가슴 한편이 저릿거려서 도저히 이곳에 있기 힘들었다.

이런 상태로 혁련휘의 옆에 있다가는 자신의 감정이 이상하게 터져 나올 것 같아 비설은 잠시나마 마음을 추스르려 하는 것이었다.

"금방 다녀올 테니까 너무 걱정 마세요, 형님. 이야기 잘 나누시고요."

말을 마친 비설은 자미쌍검만을 든 채로 훌쩍 열린 방문을 통해 바깥으로 빠져나갔다. 멀어져 가는 비설에게로 잠시 시선을 줬지만 이내 벽에 가려져 그녀의 모습은 보이지 않았다.

그제야 혁련휘는 자신의 맞은편에 서 있는 주여진에게로 다시금 시선을 줬다.

혁련휘가 짧게 말했다.

"놓고 가."

냉기가 풀풀 흘리는 그 목소리에 주여진은 당황했다.

놓고 가라니?

어릴 때부터 뛰어난 미모로 마교를 주름잡았던 그녀다. 그런 자신이 직접 찾아왔는데도 불구하고 이런 반응을 보인다는 것은 그녀에게 무척이나 생소한 것이었다.

모든 사내들은 어떻게든 그녀와 일각이라도 더 있고자 말을 걸어왔고, 수작질을 해 댔다.

그런데 이 사내는 아니었다.

주여진이 믿기 힘들었는지 되물었다.

"놓고 가라고요?"

"내 말이 어렵나? 나한테 전할 게 있다면서. 서찰 받아왔을 거 아냐. 놓고 가라니까."

혁련휘가 검지를 세워 자신의 앞에 있는 탁자를 탁탁 두드리며 재차 말했다.

그런 매몰찬 반응에도 주여진은 애써 감정을 조절했다. 그냥 이대로 물러갔다가는 오늘 이곳까지 온 이유가 없지 않은가.

밀어내는 걸 알면서도 주여진이 애써 말을 받았다.

“저 괜찮으시다면 차라도 한 잔…….”

“연회 날 그쪽도 오지?”

“네, 저도 참석하기로 되어 있어요.”

갑작스러운 혁련휘의 질문에 주여진은 솔직히 대답했다.

어차피 얼마 후에 있을 연회에 오면 밝혀질 일에 대해 거짓말을 할 수는 없었으니까.

대답을 들은 혁련휘는 예상했다는 듯이 고개를 끄덕였다.

주석인의 그 얕은수를 이미 읽은 탓이다.

혁련휘가 차갑게 말했다.

“같잖군.”

“그, 그게 무슨…….”

싸늘한 혁련휘의 말에 주여진이 더듬거릴 때였다. 혁련휘가 자리에서 천천히 일어나며 입을 열었다.

“미인계라도 쓸 생각이었나 본데 사람 잘못 골랐어. 난 애초에 미색에 현혹되지 않을뿐더러 너 정도의 외모에는 흔들리지 않을 정도의 내성을 가지고 있거든.”

내성이라는 말에 그게 무슨 소리냐는 듯이 물으려 할 때였다.

지척까지 다가온 혁련휘가 가까운 거리에서 주여진을 마주한 채로 말을 이었다.

"적어도 그 녀석만큼은 예뻐야…… 찰나의 순간일지라도 흔들릴 거 아냐."

알 수 없는 혁련휘의 말에 주여진의 눈동자가 흔들렸다.

'그 녀석? 그 녀석이 누구지?'

의아한 혁련휘의 말에 지금 말하는 게 무엇을 의미하는지 묻고 싶었다. 그렇지만 아쉽게도 혁련휘는 그런 걸 물을 수 있는 상대가 아니었다.

혁련휘가 손을 내밀고 말했다.

"서찰."

"……."

결국 그녀는 아무런 말도 하지 못한 채로 가지고 온 서찰을 꺼내어 그에게 건네야만 했다.

진짜 목적인 혁련휘의 마음을 빼앗는 계획은 아주 조금도 실행하지 못한 채로 말이다. 서찰을 받은 혁련휘는 곧바로 입을 열었다.

"받았으니 이제 용무는 끝이군. 돌아가. 그리고 경고 하나 하자면 연회 전에 다시 날 찾아온다면 그땐…… 지금처럼은 안 넘어가."

그 말을 끝으로 혁련휘는 건네받은 서찰을 들고 다시금

자신의 자리로 돌아가 걸터앉았다. 그러고는 이내 그 서찰을 펼쳐 든 채로 앞에 서 있는 주여진에게는 시선 한 번조차 주지 않았다.

목전에 두고도 마치 없는 사람 취급을 당한 주여진의 얼굴이 붉게 달아올랐다.

그녀는 자신에게 시선조차 주지 않는 혁련휘를 향해 애써 힘겹게 포권을 취해 보이고는 몸을 돌렸다.

주여진이 거친 발걸음으로 혁련휘의 거처를 빠져나왔다.

화가 났다.

그렇지만 혁련휘에 대한 분노보다 더욱 큰 것은 그가 내뱉었던 그 녀석이라는 말에 대한 궁금증이다.

마치 자신보다 더 아름다운 누군가를 안다는 듯한 혁련휘의 말투.

'나보다 예쁜 사람이 있다고?'

주여진은 고개를 저었다.

그럴 리가 없다.

수많은 미인들을 보아 왔다. 그렇지만 그 누구도 자신에게 미치지 못했다. 마교삼화 중 다른 둘조차도 자신에 비해서는 한참은 모자라다는 자부심으로 살아온 그녀다.

그런 자신보다 예쁜 사람이 있다니 어찌 그 말을 믿을 수 있겠는가.

하물며 대공자의 삶에 대해 이미 조사를 마친 주여진이다. 그는 목석과도 같은 사내다. 여인과 함께하지 않고, 마교 밖에서부터 함께해 온 이들과만 시간을 보낸다.

단 한 번도 여인과 있는 모습을 보인 적이 없을 정도로 그는 이성과 담을 쌓은 자다.

그런 그가 자신보다 예쁜 자를 안다고?

'정말로 나보다 예쁜 애가 있을 리가 없잖아?'

말도 안 될 정도의 자신감.

장원을 벗어나 한참을 걸어가던 주여진은 발걸음을 멈췄다.

그녀가 몸을 돌려 혁련휘가 머무는 장원을 노려봤다. 지금은 비록 이렇게 매몰찬 대접을 받긴 했지만…….

'대공자 결국 당신은 날 선택하게 될 거야.'

주석인에게서 건네받은 이번 연회에 대한 서찰을 주여진이 떠난 이후에도 꼼꼼히 확인하던 혁련휘의 신경을 건드린 건 자그마한 물소리였다.

투둑, 투두둑.

물소리에 정신을 차린 혁련휘의 시선은 창 쪽으로 향했고, 그곳을 통해 혁련휘는 하늘에서 떨어져 내리는 봄비를 확인할 수 있었다.

차가운 겨울이 가고, 따뜻한 봄이 올 것을 알리는 신호.

허나 점점 굵어지기 시작한 빗줄기를 보는 순간 혁련휘의 표정이 일그러졌다.

자미쌍검만 들고 나갔던 비설이 생각난 탓이다.

*　　　*　　　*

장원을 빠져나온 비설은 말없이 걸었다.

그런 그녀의 발걸음이 멈춘 곳은 우습게도 천도객잔이었다.

점심에는 닫혀 있었던 천도객잔은 저녁 손님을 받기 위해 열린 상황이었고, 그녀는 잠시 앉고 싶었는지 그 안으로 걸어 들어갔다.

"어서옵쇼."

익숙하게 손님을 맞이하는 점소이를 뒤로한 채로 비설은 아직 한적한 천도객잔 내부의 창가 한쪽에 자리를 잡았다.

자리에 앉은 그녀가 자신에게 다가온 점소이를 향해 짧게 주문했다.

"만두 가져다 주세요. 왕창요."

"왕창이라면 얼마쯤이면 될는지요?"

"한 오 인분 가져다주세요."

"오, 오 인분이나요?"

호리호리한 비설이 말도 안 될 정도의 많은 양을 시키자 점소이가 되물었다. 그러자 비설은 그냥 고개를 끄덕였다.

답답하고 마음이 아프다.

그런 자신의 모습을 지워 보고자 비설은 괜스레 평소보다 더 많은 만두를 시킨 것이다. 그렇게 만두를 시키고 시간이 지나서 오 인분에 달하는 만두가 그녀 앞에 수북이 쌓였다.

비설은 젓가락을 든 채로 만두 하나를 입에 집어넣고는 괜스레 호들갑을 떨었다.

"히야, 역시 이 맛이라니까. 누워 있을 때 얼마나 먹고 싶었던지."

괜스레 혼잣말을 하며 몇 개를 연거푸 입 안에 욱여넣었지만…….

마구 만두를 집던 젓가락의 움직임이 점점 느려지기 시작하더니 급기야는 멈추고야 말았다. 그리고 억지로 웃고 있던 비설의 표정 또한 변했다.

그렇게 좋아하던 만두인데, 그 긴 시간을 누워 있으면서 매일 노래를 부를 정도로 먹고 싶었던 바로 그 만두인데…….

아무런 맛도 나지 않는다.

만두를 먹는데 행복하지도, 맛있지도 않다.

그녀는 젓가락을 내려놓은 채로 양손으로 자신의 얼굴을 감싸 안았다.

얼굴을 감싼 손바닥 안에서 일 년 전쯤 혁련휘를 처음 만났던 그 순간부터 지금까지 있었던 많은 일들이 주마등처럼 생각났다 사라진다.

그를 만난 이후에 겪었던 많은 일들이 떠오르자 비설은 자신도 모르게 슬며시 미소를 지었다.

생각하는 것만으로도 웃음 짓게 만들어 주는 소중한 사람. 그런 그가 혼인을 한다는 사실이 왜 이렇게 가슴이 아픈 걸까?

그때 그녀의 귓가로 하늘에서 떨어지는 빗소리가 들려오기 시작했다. 빗소리에 정신을 차린 비설은 얼굴을 감싸고 있던 손을 떼고는 창밖으로 고개를 돌렸다.

쏟아져 내리기 시작한 빗줄기가 눈 깜짝할 사이에 굵어져 대지를 두드리고 있었다.

갑작스레 쏟아지는 비를 보며 비설은 짧게 한숨을 내쉬었다.

'가뜩이나 기분도 우울한데 웬 비람.'

잠시 멍한 눈으로 쏟아져 내리는 비를 바라보던 비설은 이내 자신이 우산이나 우의를 챙겨 오지 않았음을 깨달았다.

그 사실을 깨닫자 비설은 더욱 의자에 몸을 실었다.

당장에 돌아가고 싶지 않기도 했지만, 비가 오고 있으니 가고 싶어도 그냥 가기 어렵게 되어 버렸다.

평소였다면 비 맞고 가는 게 무에 대수겠느냐마는 오늘 같이 처량한 날에 그러고 싶지는 않았다. 쏟아지는 빗줄기를 그저 멍하니 보며 조금이나마 약해지기를 기다리는 수밖에.

가만히 자리에 앉아 있는 비설의 주변에 있는 탁자들의 손님이 계속해서 바뀌어 갔다.

그만큼 긴 시간이 흐르는 동안 비설은 그저 그 자리에 계속해서 자리하고 있을 뿐이었다.

쏟아져 내리는 빗줄기는 도통 약해질 생각을 하지 않았고, 이미 바깥은 무척이나 어둡게 변해 있다. 더 이곳에서 지체했다가는 혁련휘가 걱정할 거라는 생각이 든 비설이 결국 자리에서 일어났다.

그녀는 계산을 하고는 곧바로 객잔 문을 열고 바깥을 살폈다.

창문에서 봤던 것처럼 빗줄기가 무척이나 거셌다.

비설이 짧게 한숨을 내쉬고는 이내 양손을 들어 머리를 가렸다. 그리고 진흙이 되어 버린 바닥으로 막 발을 내디디며 빗속으로 뛰어들려는 순간이었다.

스윽.

옆에서 밀려온 붉은 우산 하나가 비설의 머리로 떨어지려는 비를 막아 줬고, 갑작스러운 상황에 그녀가 놀라 옆으로 고개를 돌렸을 때였다.

그리고 객잔 한쪽 처마 아래에서 붉은 우산을 그녀에게 들이민 한 사내. 그 사내의 존재를 확인하는 순간 비설은 놀란 듯 눈을 크게 떴다.

혁련휘다.

"……형님?"

"내가 이럴 줄 알았다. 비 올 것 같은 날씨에 우산도 안 챙기고 가면 어떻게 해? 하여튼 칠칠맞지 못하긴."

우산을 든 채로 조금 더 바짝 다가오는 혁련휘였다.

그런 그를 올려다보며 비설이 놀란 얼굴로 물었다.

"제가 여기 있는 줄은 어떻게 알고 오셨어요? 설마 이번에도 흑풍을 붙이셨어요?"

"아니, 이번엔 내가 찾았어. 뻔하잖아. 여기 만두 먹으려고 올 줄 알았거든."

혁련휘의 그 한마디에 비설의 마음이 울렁거렸다.

비설이 애써 마음을 추스르며 맞은편에 서 있는 그를 응시했다.

숨소리가 느껴질 정도의 가까운 거리.

그랬기에 그녀는 지금 혁련휘의 상태를 더욱 잘 알 수 있었다.

비설이 물었다.

"대체 언제부터 여기 계셨던 거예요?"

"얼마 안 됐어."

혁련휘는 얼마 안 됐다 대답했지만 비설은 알고 있었다.

이미 비로 엉망이 되어 버린 그의 옷이, 진흙투성이인 그의 신발이 모든 걸 말해 주고 있었으니까.

처마 아래에 있었을 텐데도 불구하고 저 정도로 젖어 있다는 건 최소한 한 시진(두 시간) 가까이를 이곳에서 자신을 기다렸다는 말이 된다.

그 긴 시간 동안 빗속에 선 채로 자신을 기다려 준 이 사내를 보고 있노라니 애써 억눌렀던 감정이 차올랐다.

비설이 고개를 저으며 중얼거렸다.

"……거짓말."

비에 젖으면서까지 자신을 기다려 주는 이 사내.

그리고 그런 사내를 마주하고 있는 이 순간 비설은 스스로의 마음을 알 수밖에 없었다. 그랬기에 또한 알았다. 왜 그토록 마음이 답답했고, 슬펐는지를.

준비해 온 우의를 차갑게 식은 손으로 말없이 비설의 어깨에 얹어 주는 혁련휘의 손길.

그리고 이내 그 손이 비설의 어깨에서 떨어지려는 그 순간이었다.

탁.

갑자기 비설이 혁련휘의 소매를 움켜잡았다.

그런 비설의 예측하지 못한 행동에 혁련휘가 왜 그러냐는 듯이 그녀를 응시할 때였다.

비설이 혁련휘를 올려다보며 천천히 입을 열었다.

"……형님. 어떻게 하죠?"

"뭘?"

"형님을 보면 제 심장이 자꾸 미친 듯이 뛰어요."

비설의 말에 혁련휘가 그게 무슨 소리냐는 듯이 말을 받았다.

"심장이 안 뛰면 죽은 거지 산 거야? 몸도 아직 안 나았는데 빨리……."

"아뇨, 그게 아니라요. 평소보다 몇 곱절은 빠르게 뛴다는 말이에요."

비설의 의미심장한 그 말에 혁련휘가 아무런 말도 못한 채로 빗속에서 우산을 들고 서 있는 그때였다.

비설이 자신의 손을 심장이 있는 가슴 부분에 가져다 댄 채로 말을 이었다.

"어쩌죠, 형님."

그녀가 보다 강하게 혁련휘의 소매를 움켜쥔 채로 그를 똑바로 응시했다. 흔들리지 않는 시선으로 비설이 말했다.

"제가 형님을 좋아하는 것 같습니다."

3장. 포목점

— 값은 상관없어

투둑. 투두둑.

주변으로 떨어지는 빗줄기만이 두 사람 사이의 고요한 침묵을 흔들었다.

사실 본인 스스로가 말을 내뱉긴 했지만 비설 또한 적잖이 놀란 상황이었다.

이런 말을 할 생각이 아니었는데 자신도 모르는 틈에 스스로의 마음을 깨닫고 진심을 내뱉고야 만 것이다.

허나…… 지금 와서 농담이었다며 고개를 젓고 싶진 않았다.

혁련휘에 대한 자신의 마음은 이제 감추기 어려울 정도

로 커져 버렸다는 사실을 절절히 느끼고 있는 탓이다.

자신도 모르게 내뱉은 말, 그렇지만 그게 바로 자신의 진짜 마음이었으니까.

비설의 갑작스러운 고백을 들은 혁련휘의 눈동자는 크게 떠진 상황이었다.

우산이나 우의 하나 챙기지 않고 나간 그녀가 신경 쓰여 이곳 객잔으로 왔던 혁련휘다.

처음엔 안으로 들어가서 아는 척을 하려 했지만 멍하니 앉아 뭔가를 고민하고 있는 비설의 모습을 본 혁련휘는 비가 쏟아지는 바깥으로 조용히 걸어 나왔다.

무엇인지는 모르겠지만 뭔가를 고민하고 있는 비설의 시간을 방해하지 않기 위해서다.

그렇게 비설의 예상대로 혁련휘는 쏟아지는 빗줄기 속에서 한 시진이 넘는 긴 시간을 기다렸다.

긴 시간을 기다린 끝에 나온 비설을 향해 우산을 내밀었던 혁련휘. 그리고 돌아온 그녀의 생각지도 못한 고백은 무슨 일이 있어도 꿈적 않던 혁련휘의 평정심마저 뒤흔들어 버렸다.

놀란 얼굴, 간신히 우산을 들고 있는 떨리는 손까지.

혁련휘가 빗속에서 입을 열었다.

"너……."

"압니다, 형님. 갑자기 제가 이런 말을 해서 놀라셨겠죠. 사실 지금 말하고도 쥐구멍에라도 들어가서 숨고 싶을 정도로 쑥스럽고 농담한 거라고 둘러댈까도 생각해 봤지만…… 죄송합니다. 말 못 바꾸겠어요. 이게 제 진심이니까요."

스스로도 말을 하면서도 부끄러운지 얼굴이 붉게 물든 비설이다. 그럼에도 불구하고 그녀는 자신의 마음에 거짓말을 하지 않았다.

그녀는 튀어 들어오는 빗물이 얼굴을 적시는지 소매로 이마를 가볍게 닦아 냈다.

소매를 얼굴에 가져다 댔거늘 옷 건너로 자신의 뜨겁게 달아오른 체온이 느껴지는 듯했다. 그만큼 지금 자신의 얼굴이 붉게 달아올랐다는 걸 의미하는 것이었다.

붉어진 얼굴을 생각하니 스스로도 부끄러웠는지 비설은 우의에 이어져 있는 죽립을 얼굴에 푹 눌러 썼다. 그녀가 그 상태로 짧게 말했다.

"쑥스러워서 그런데 먼저 가 보겠습니다, 형님. 나중에 봬요."

우의와 죽립으로 얼굴을 가린 채로 비설은 혁련휘의 우산 바깥으로 휙 하고 뛰어나가 버렸다. 그러고는 뭐라고 할 틈도 없이 그대로 몸을 돌려 빗속으로 홀로 달려가고 있었다.

갑자기 우산 밖으로 뛰어나간 비설을 향해 자신도 모르게 혁련휘는 손을 뻗었지만 그녀의 움직임이 더욱 빨랐다.

우산 바깥으로 빠져나간 손등으로 빗물이 세차게 떨어져 내렸다.

투두둑.

차갑게 적셔져 오는 손. 그리고 멀어져 가는 비설의 뒷모습을 가만히 선 채로 바라보던 혁련휘가 이내 천천히 고개를 숙였다.

손에 떨어지는 차가운 빗물을 느끼며 혁련휘는 지금 이 순간이 꿈이 아님을 다시금 확인할 수 있었다.

'……날 좋아한다고?'

놀라운 일이었다.

비설, 그녀가 자신을 좋아하고 있었다니.

내려다보던 손바닥으로 고인 물들을 바라보던 혁련휘가 주먹을 움켜쥐었다.

빗물이 사방으로 튀듯 떨어져 내렸다.

그리고 고개를 다시금 든 그가 이제는 멀어져 보이지도 않는 비설이 향했던 방향을 향해 허망한 말투로 중얼거렸다.

"대답은…… 들어야 할 거 아니냐."

*　　*　　*

"어라? 왜 너 혼자……."

혁련휘가 우산을 들고 비설을 따라 나갔다는 사실을 잘 아는 환야다.

그런 상황에서 그녀 혼자 우의를 입고 뛰어 들어왔으니 환야로서는 당황한 듯 물었다.

그런 그의 말이 들렸을 텐데도 불구하고 비설은 대답도 없이 우당탕거리며 자신의 방으로 뛰어 들어갔다.

요란법석을 떨며 방 안으로 들어가는 비설을 바라보며 환야가 표정을 찌푸렸다.

"뭐야? 저 녀석 왜 저래?"

마치 뭔가에 쫓기듯 뛰어 들어오는 비설의 모습에 환야는 이해가 안 간다는 듯 고개를 갸웃거렸다.

그렇게 환야의 이해 안 된다는 시선을 받으며 방 안으로 들어온 그녀는 황급히 우의를 벗어 던지고는 벽에 기댄 채로 빠르게 뛰는 가슴에 손을 가져다 대고 있었다.

"헉헉."

비설은 자신도 모르게 가쁜 숨을 몰아쉬었다.

사실 이 정도 거리를 달렸다고 지칠 그녀가 아니다. 그런데 너무나 빠르게 뛰는 심장이, 어쩔 줄 모를 정도로 달아오르는 자신의 마음이 이토록 거칠게 숨을 내쉬게 만들고 있었다.

'형님을 어떻게 보지?'

지금 비설의 머리를 가득 채우는 건 그것이었다.

혁련휘와 하루 종일이라고 해도 과언이 아닐 정도로 붙어서 지내는 그녀다.

낮뿐만이 아니다.

잠을 자는 방조차도 같이 쓰는 두 사람. 그런 사이에서 자신이 고백을 해 버리고야 말았다.

자신의 고백을 혁련휘가 거절이라도 한다면…….

'어색해서 어떻게 한데.'

비설은 신경이 쓰이는지 방 안을 서성였다.

그렇지만 그런 그녀의 귓가에 이내 바깥에서 환야의 목소리가 들려왔다.

"대장님, 오셨습니까?"

어쩔 줄 몰라 하던 비설이 그 말을 듣는 순간 딱 멈춰 섰다.

환야의 말대로 지금 막 혁련휘가 장원에 도착한 게 분명했다.

어찌해야 하나 당황했던 비설은 이내 황급히 자신의 침

상으로 기어들어 갔다.

그녀가 막 침상에 누워 반대편을 향해 몸을 돌리고 누웠을 때였다.

끼익.

문이 열리며 누군가가 걸어 들어오는 걸 비설은 알 수 있었다. 그 기척을 느끼며 그녀는 황급히 눈을 감았다.

그러고는 이내 가볍게 쌕쌕거리는 숨소리를 내뱉으며 자는 흉내를 내기 시작했다. 지금 이 어색한 상황을 피하기 위해 생각나는 건 이런 방법밖에 없었다.

그런 비설의 노력. 그렇지만…….

방에 들어선 혁련휘는 벽을 바라본 채로 쌕쌕거리는 비설을 잠시 내려다보고 있었다.

'애쓰는군.'

자는 척하고 있다는 걸 혁련휘는 이미 꿰뚫고 있었다.

그런 그녀에게 하고 싶은 말은 있었지만…… 부끄러운 듯 얼굴을 붉히고 도망가던 비설의 모습이 떠오르자 혁련휘는 말없이 방을 비워 줬다.

혁련휘가 나가는 발걸음 소리를 듣고서야 비설은 벽을 향했던 몸을 슬그머니 돌렸다.

그렇게 닫힌 문을 확인하고서야 비설은 천장을 향해 몸을 돌렸다.

자신도 모르게 한숨이 새어 나왔다.

"어휴."

당장에야 자는 척하면서 어색한 상황을 피해 내긴 했지만 쭉 이렇게 지낼 수는 없는 노릇 아니던가. 비설은 누운 자세 그대로 베개를 들어 얼굴에 올려놓았다.

그렇게 베개로 얼굴을 가린 채로 멍하니 누워 있던 그녀의 머릿속에 방금 전 고백을 하던 그 상황이 천천히 떠올랐다. 그리고 그 기억이 돌아오는 순간 온몸에 열이 확 하고 오르며 얼굴이 달아올랐다.

지금 생각해 보면 쉽사리 꺼내기 힘든 그 말을 어찌도 그리 용기 있게 내뱉었는지…….

상황만 놓고 본다면 분명 후회를 해도 이상할 게 없다. 그렇지만 비설은 확신했다.

만약 시간을 돌릴 수 있다고 해도 자신의 선택은 변하지 않을 것이라는 걸.

그녀가 베개에 얼굴을 파묻은 채로 나지막이 중얼거렸다.

"……좋은 걸 어떻게 해."

비설을 두고 방에서 나온 혁련휘는 홀로 마교의 번화가를 걸었다. 저녁 시간이기는 하지만 아직까지 많은 포목점들이 밝게 불을 켜 놓고 손님들을 맞고 있었다.

얼마 후 있을 연회로 인해 비단을 파는 포목점들은 때아닌 대목을 맞은 상황이다.

평소였다면 슬슬 문을 닫았어야 할 시간인데도 불구하고 그들은 혹시 모를 손님들을 기다리고 있었다.

포목점이 줄지어져 있는 길목을 걷던 혁련휘의 발걸음이 멈춘 곳은 개중에서 가장 커다란 가게였다. 늦은 밤임에도 불구하고 내부에 몇몇 이들이 자리해 있었다.

죽립으로 얼굴을 가리고 있는 혁련휘가 성큼 안으로 걸어 들어갔다.

비에 젖은 옷차림으로 걸어 들어오는 혁련휘를 보며 주인으로 보이는 사내는 슬쩍 미간을 찡그렸다. 한눈에 봐도 평범해 보이는 우의에 죽립 하나 걸친 혁련휘의 행색이 그리 부유해 보이지 않는 탓이다.

더군다나 죽립으로 얼굴을 가리고 있는 탓에 그는 혁련휘의 정체조차 알지 못했다.

혹여나 젖은 물이 값비싼 비단에 떨어지면 어쩌나 하는 걱정을 하고 있던 포목점의 주인이 막 자리에서 일어나 혁련휘에게 다가왔다.

“흠흠, 이보시오. 여기서 파는 것들은 특별히 구해 온 진기한 비단들인지라 그대 같은 사람이…….”

말을 내뱉는 중년 사내를 향해 혁련휘가 귀찮다는 듯이 허리춤에 달아 놨던 전낭 주머니 하나를 떼어 그에게 휙 하니 던졌다.

갑자기 날아드는 묵직한 전낭을 받아 든 주인이 표정을 찌푸린 채로 말을 이었다.

"동전으로 살 정도로 여기가 만만한 곳이……."

말을 이으며 전낭을 열던 이곳 주인의 입이 다물어지는 건 순식간이었다. 전낭 안에 든 금으로 된 수많은 금전을 보는 순간 포목점의 주인은 잠시 멍하니 그것들을 응시했다.

그렇지만 그것도 잠시.

재빠르게 정신을 차린 그의 태도가 완전히 돌변했다. 불쾌해 보이던 표정은 어느새 미소로 바뀌었고, 싹싹한 태도로 옆에 붙어 포목점의 주인이 말했다.

"뭐 특별히 찾으시는 것이 있으신지요."

"이 포목점에서 제일 좋은 비단이 어디 있지?"

"이쪽으로 오시지요."

포목점의 주인이 잠시 건네받았던 전낭을 돌려주고는 황급히 옆으로 나아가며 혁련휘를 안내했다.

포목점의 주인은 곧바로 혁련휘를 데리고 가게 한쪽에 위치한 장소로 걸어갔다. 그곳은 내부에서도 따로 휘장을 쳐 놨을 정도로 특별하게 꾸며 놓은 공간이었다.

어지간히 돈이 많지 않고서야 함부로 출입조차 못 하게 할 정도로 특별한 비단들이 가득한 장소였다.

들어서기 무섭게 벽 곳곳에 걸려 있는 비단들이 혁련휘를 맞았다.

각양각색의 아름다운 빛깔을 머금은 비단들이 쭉 늘어서 있었다.

혁련휘가 죽립을 슬쩍 위로 밀어 올리며 비단들에게 잠시 시선을 줬다.

비단들을 천천히 확인하던 혁련휘가 입을 열었다.

"괜찮군."

"괜찮다는 말로는 모자라지요. 이 비단들이 어떠한 물건인지 아십니까? 돈이 있어도 못 구한다는 최상품의 물건들입니다. 아마 이곳에서도 이 정도 물건을 취급할 수 있는 건 저희 포목점뿐일 겁니다요."

어떻게든 혁련휘가 다른 곳으로 가지 않게 하기 위해 포목점의 주인은 이 비단이 얼마나 값진 것인지에 대해 구구절절 빠르게 늘어놓기 시작했다.

그렇지만 그런 그의 목소리에는 전혀 아랑곳하지 않고 혁련휘는 옆으로 걸음을 옮기며 안에 걸려 있는 수많은 비단들을 둘러보고 있었다.

그렇게 내부를 돌며 최상품의 비단이라는 것들을 확인하던 혁련휘의 발걸음이 어느 곳에 이르러 멈추어 섰다.

혁련휘의 시선이 향한 곳에는 새하얀 비단 하나가 걸려 있었다.

사람의 눈을 잡아끌 정도로 찬란한 빛을 뿜어내는 비단. 그리고 그 새하얀 비단의 언저리 부분에 수놓아진 아름다운 꽃무늬까지.

말없이 그 비단을 바라만 보고 있자 눈치 빠른 포목점의 주인이 침이 마를 정도로 혁련휘에게 찬사를 내뱉기 시작했다.

"보는 눈이 있으시군요. 이 비단으로 말할 것 같으면 저희 가게에 있는 최상품 중에서도 가장 으뜸인 물건 중 하나로……."

"저 비단으로 하지."

혁련휘가 길어지는 포목점 주인의 말을 자르며 짧게 대꾸했다.

가격 흥정도 없이 곧바로 사겠다는 뜻을 내비치는 혁련휘의 모습에 주인 사내의 얼굴이 한결 밝아졌다. 그가 곧바로 웃는 얼굴로 말했다.

"그러시겠습니까?"

"옷 제작은?"

"물론 가능하지요. 장인들로 싹 준비되어 있으니 걱정 붙들어 매셔도 될 겁니다. 아, 물론 그 제작비가 따로 드는 건 아시지요?"

혁련휘가 고개를 끄덕였다.

그런 혁련휘를 위아래로 훑어보며 포목점 주인이 말을 이어 나갔다.

"그럼 치수를 한번 재 볼까요?"

옷을 만들기 위해 혁련휘의 치수를 재려는 포목점 주인을 향해 그가 짧게 말했다.

"내 옷이 아니라 선물할 거야."

"아, 그렇습니까? 그럼 그분은……?"

혁련휘는 옆에 세워져 있는 커다란 나무 기둥 같은 걸 손가락으로 짚으며 한 사람을 머리에 그렸다. 그가 말했다.

"키는 이 정도에 팔 길이는 이만큼. 상체와 하체는 이 정도씩으로 보면 될 것 같군. 몸은 마른 편이야. 몸 둘레는 이 정도."

혁련휘가 자신의 양손을 안듯이 교차시키며 설명을 이어 나갔다. 이야기를 가만히 듣고 있던 포목점 주인이 고개를 갸웃했다.

사내라고 하기엔 너무나 호리호리한 체구를 설명하고 있

었던 탓이다.

그랬기에 그가 물었다.

"옷의 주인이 여인인가 보군요."

"……맞아."

혁련휘가 고개를 끄덕였다.

전낭을 꺼내 다시금 포목점 주인에게 건넨 혁련휘가 자신이 고른 비단을 향해 시선을 돌리며 말했다.

"값은 상관없어. 그러니까…… 최고로 만들어 줘."

* * *

이른 아침, 자리에서 일어난 혁련휘가 방에서 걸어 나왔을 때다. 바깥에 있던 이들 중 한 명인 비설이 갑자기 번개라도 맞은 것처럼 벌떡 일어나 후다닥 도망치고 있었다.

쌔앵 소리가 나게 사라져 가는 비설의 뒷모습을 바라보며 혁련휘가 고개를 가볍게 저었다.

무려 삼 일째다.

삼 일 동안 혁련휘는 비설과 한 마디 대화를 나누기도 힘들었다.

밤만 되면 자는 척을 해 댔고, 아침에 얼굴을 볼라치면 저렇게 연무장으로 사라져 버린다.

그리고 식사를 할 때도 고개를 파묻고 음식만 먹어 대는 통에 비설과 대화를 나누는 건 보통 까다로운 일이 아닐 수 없었다.

사라진 비설의 빈자리를 보며 부의민이 이상하다는 듯이 물었다.

"저 녀석 며칠 전부터 왜 저래? 무슨 일 있었어?"

"……아니, 별로."

자꾸 자신을 피하는 비설의 모습이 그리 유쾌하진 않았지만 혁련휘는 별다른 내색을 하지 않았다. 그가 부의민에게 물었다.

"연회 준비는?"

"어려운 것도 아닌데 뭘. 잘 준비하고 있지."

이번 연회를 꿍꿍이가 있을 게 분명한 혈뢰주가의 주석인에게 모든 걸 맡길 순 없던 상황. 그랬기에 혁련휘는 자신 쪽에서 한 명을 심어 놨는데 그것이 부의민이다.

차질 없이 진행되고 있다 말했던 부의민이 픽 웃으며 말을 이었다.

"그나저나 마후(魔后)가 되고 싶은 이들의 숫자가 보통이 아니던데. 대체 어떻게 고를 생각이야? 아니면 아무도 간택하지 않을 생각인가?"

부의민 또한 바보는 아니다.

혁련휘의 배필을 찾는다는 명목하에 이루어지는 연회지만, 그 안에는 정치적인 요소들이 숨겨져 있다는 걸 그 또한 잘 알았다.

다음 교주에 오를 것이 확실해져 가는 혁련휘의 혼약자라면 누구나 탐낼 자리였으니까. 마후는 마교의 여인이 오를 수 있는 가장 높은 자리, 많은 이들이 몰리고 있는 건 당연했다.

부의민의 말에 혁련휘는 대답 대신 질문을 던졌다.

"얼마나 모일 것 같지?"

"정확한 숫자는 조금 더 가늠해 봐야겠지만 여인만 해도 삼백여 명은 모일 것 같아. 다른 이들까지 치면 얼추 천여 명 이상은 모일 자리가 될 공산이 크고."

생각보다 커다란 연회다.

혼인을 하지 않은 여인이라면 누구나 참석할 수 있는 자리.

가문이 뒷받침되지 않는 여인들 대부분이 떨어져 나갔음에도 불구하고 그토록 많은 사람이 마후의 자리에 욕심을 갖고 이번 연회에 참석하는 것이다.

어지간한 가문이라면 모두가 자신들의 여식을 내놓았다 봐도 과언이 아닌 상황.

부의민에게 이번 연회에 대해 전해 듣던 혁련휘가 이내

환야에게로 시선을 돌렸다.

“반룡수사에 대해서는 아직도야?”

“오늘 다시 비파월을 찾아가 볼 생각이긴 합니다만 아직도 알아내지 못한 것 같습니다.”

천위극을 죽였던 그 반룡수사라는 얇은 실이 어디에서 나온 것인지 찾고 있는 비파월이었지만 아직까지도 감감무소식이었다.

대부분의 것들을 며칠 이내에 알아오던 그들이 이토록 시간이 끌리는 걸 보니 그만큼 알기 힘든 일이 분명했다.

혁련휘가 말했다.

“오늘 비파월에 갈 일이 있다면 나도 함께하지. 외출한 김에 찾아올 게 있어서.”

“찾아올 거요? 번거로우실 텐데 그냥 저한테 말하시면 제가 돌아오는 길에…….”

“아니, 내가 찾아와야 해.”

딱 부러지게 말하는 혁련휘의 말에 환야는 고개를 끄덕였다.

환야가 물었다.

“언제쯤 시간이 괜찮으시겠습니까?”

“식사하고 바로 나갔다 오지.”

혁련휘와 환야는 일찍부터 분주히 움직였다. 식사를 마치기 무섭게 비파월로 향했고, 이내 그곳에서 아직까지 반룡수사에 대해 알아내지 못했다는 아쉬운 소식만 접한 채로 발을 돌려야만 했다.

그렇게 발을 돌린 두 사람이 향한 곳은 다름 아닌 며칠 전 혁련휘가 들렀던 포목점이었다.

포목점의 입구에 도착하자 혁련휘는 환야에게 짧게 말했다.

"여기서 기다려."

"그러죠."

환야를 둔 채로 안으로 들어간 혁련휘의 눈에 몸을 돌린 채로 한참 물건을 정리하고 있는 포목점 주인의 뒷모습이 들어왔다.

혁련휘가 입을 열었다.

"물건을 찾으러 왔는데."

"아, 그러십니까? 어떤 걸 찾으러……."

말을 하며 막 몸을 돌리던 포목점 주인의 눈동자가 심하게 흔들렸다. 얼굴을 마주하는 순간 그는 자신도 모르게 털썩 주저앉고야 말았다.

바닥에 앉은 채로 포목점 주인인 사내가 당황한 목소리로 입을 열었다.

"대, 대공자님이 어쩐 일로 저희 가게에……."

"못 들었어? 물건 찾으러 왔다고 했잖아."

"예?"

포목점 주인은 놀란 얼굴로 기억을 더듬었다.

며칠 전 만난 혁련휘는 비를 피하기 위해 큰 죽립을 쓰고 있었고, 그 탓에 얼굴을 제대로 보지 못했던 것이다. 그랬기에 당시엔 혁련휘가 대공자라는 사실을 알지 못했지만 지금은 아니었다.

대공자를 직접 목전에 둔 포목점의 주인은 심하게 동요하고 있었다.

혁련휘가 손가락으로 가게 한쪽에 위치한 휘장 너머를 가리키며 말했다.

"그때 저기서 새하얀 비단으로 옷 부탁했었잖아."

"……아!"

그제야 포목점 주인은 혁련휘를 기억해 냈다.

늦은 저녁 비를 맞으며 모습을 드러냈던 죽립을 쓴 사내. 그러고 보니 당시 그자의 덩치가 지금 눈앞에 있는 대공자와 일치했다.

그때의 그 사내가 대공자였다는 사실을 깨닫자 포목점 주인의 안색이 새하얗게 질렸다.

처음 혁련휘가 찾아왔을 때 돈이 없어 보인다는 이유로

아주 잠시나마 무시하듯 말을 내뱉었던 것이 기억이 나서다.

그가 더듬거리며 말을 이었다.

"죄, 죄송합니다. 대공자님이신 걸 몰라뵙고 말을 함부로……."

"됐고, 옷은?"

혁련휘가 대수롭지 않게 넘겼다.

애초에 그런 사실이 기분이 나빴다면 당시에 그냥 넘어가지 않았을 테니까.

혁련휘의 재촉에 그가 다급히 아래쪽에 넣어 두었던 뭔가를 끄집어냈다.

그것은 바로 혁련휘가 주문했었던 최고급 비단으로 만들어진 옷이었다.

값비싼 비단으로 지어진 옷을 보호라도 하려는 듯이 붉은 천으로 다시금 감싼 상태였다.

붉은 천으로 싸인 옷을 내밀며 포목점 주인의 손이 덜덜 떨려 왔다.

대공자가 누구인가.

그 무시무시한 칠대천들을 고작 반년 정도밖에 안 되는 시간 내에 발아래 무릎 꿇린 인물이다.

현 교주인 혁무조의 재림이라는 말이 나돌 정도로 흡사

한 자.

그런 이에게 자신이 그토록 건방진 말을 내뱉어 댔으니 후환을 두려워하는 건 어찌 보면 당연한 일이었다.

그렇지만 포목점 주인의 걱정과는 달리 혁련휘는 건네받은 옷만을 확인하고는 휙 하니 몸을 돌려 걸어 나갔다.

그런 혁련휘의 모습에 안도의 한숨을 내쉬던 그가 퍼뜩 정신을 차리고는 등 뒤에서 포권을 취했다.

"대공자님이 찾아 주시다니 여, 영광입니다."

급히 예를 취하는 포목점 주인을 뒤로한 채로 혁련휘가 바깥으로 걸어 나왔다.

바깥에서 가만히 기다리고 있던 환야가 혁련휘를 발견하고는 옆으로 다가왔다.

"찾으시려던 물건이 이겁니까?"

붉은 천에 싸인 옷을 바라보며 환야가 물었다.

그런 환야의 질문에 혁련휘가 짧게 답했다.

"맞아."

"흐음, 그렇군요."

뭔가 알겠다는 듯 실실 웃으며 환야가 말을 받았고, 그런 그를 향해 혁련휘가 표정을 찡그렸다.

"왜 그렇게 웃어?"

"제가 웃었다고요?"

"그래, 지금도 웃고 있잖아."

"오해십니다. 웃긴요."

말을 하며 환야가 황급히 고개를 돌렸다.

이 옷이 누구의 것인지 귀신같이 알아챈 환야다. 자신도 모르게 웃음을 흘렸지만, 혁련휘의 성격을 잘 알기에 억지로 표정 관리를 해야만 했다.

그런 그를 잠시 바라보던 혁련휘가 입을 열었다.

"가지."

"네, 대장."

말을 마친 두 사람은 곧장 자신들의 거처를 향해 움직였다.

마교의 외성을 지나 내성에 들어선 그들은 곧 거처에 도착할 수 있었다.

거처에 들어서기 무섭게 혁련휘가 입을 열었다.

"쉬고 있어. 난 잠시 다녀올 곳이 있어서."

"지금 돌아오셨는데 바로 어딜 가시려고요. 저도 같이……."

"바로 옆에 연무장 다녀오는 거니까 따라오지 않아도 돼."

"……연무장에 말입니까?"

"왜? 무슨 문제라도 있어?"

"아뇨, 그럴 리가요."

환야가 가볍게 손사래를 쳤다. 그런 환야를 뒤에 둔 채로 혁련휘는 자신이 말한 연무장 쪽으로 발걸음을 돌렸다.

그렇게 멀어져 가는 혁련휘를 바라보던 환야가 다시금 히죽 웃었다.

"연무장이라……."

무인이 연무장에 가는 건 너무나 당연한 일이다.

허나 지금 혁련휘가 연무장에 가는 이유는 아마도 그 때문이 아닐 것이다. 지금 손에 들려 있는 저 붉은 천에 감싸인 옷이 그런 자신의 생각이 틀리지 않았음을 말해 주는 듯했다.

환야가 웃는 얼굴로 입을 열었다.

"누군 좋겠네. 옷 선물도 받고 말이야."

혁련휘의 발길이 향하고 있는 연무장.

그곳엔 비설이 자리하고 있었다.

그녀의 손에 들려 있는 두 자루의 자미쌍검은 매섭게 휘몰아쳤다.

아주 조금의 내공만을 담았을 뿐이거늘 비설의 손에서 펼쳐지는 검법은 주변의 모든 것들을 휩쓸어 버릴 듯이 몰아치고 있었다.

땀에 흠뻑 젖을 정도의 격한 움직임.

그녀는 그렇게 검과 하나가 되어 모든 잡념을 지워 내려 하고 있었다.

그렇게 천천히 잡념을 지워 냈다 생각하는 순간, 그 잡념의 원인이 이곳 연무장에 모습을 드러냈다. 혁련휘가 연무장의 입구로 들어선 것이다.

검을 휘두르던 비설은 그 모습에 당황한 듯 허둥지둥거렸다.

황급히 검술을 멈춘 그녀가 자미쌍검을 검집에 꽂아 넣고는 재빠르게 자리를 피하려고 할 때였다.

"비설."

불러오는 자신의 이름에 비설은 짐을 챙기다 움찔하며 멈춰 버리고야 말았다.

자신을 부르는 혁련휘의 목소리를 이리 똑똑히 들었는데 모르는 척 피할 수가 없었다.

비설이 머뭇거리는 그때 혁련휘가 빠르게 연무장 위로 뛰어 올라왔다. 그러고는 순식간에 비설과의 거리를 좁혀 왔다.

지척까지 다가온 혁련휘가 입을 열었다.

"너 자꾸 피할 거야?"

"제, 제가 언제요?"

너무나 가까운 곳에서 들려오는 혁련휘의 목소리에 비설은 슬쩍 고개를 옆으로 돌린 채로 뒷걸음질 치기 시작했다.

그렇게 두어 걸음쯤 멀어지던 비설의 움직임이 멈추어 버렸다.

혁련휘가 그녀의 손목을 움켜잡은 탓이다.

놀란 듯 자신을 올려다보는 비설을 향해 혁련휘가 말했다.

"그 날 일 때문에 지금도 날 피하고 있잖아."

혁련휘의 그 말에 비설은 입술을 깨물었다.

그의 말이 틀리지 않음을 어찌 모르겠는가.

허나 혁련휘의 생각은 반만 맞고 반은 틀렸다.

고백을 해서 쑥스러워 얼굴을 마주하기 힘들었던 것도 사실이다. 그렇지만 그것이 전부가 아니었다.

비설이 혁련휘를 피한 건 고백을 해서가 아니라, 알아버린 자신의 마음 때문이었다.

혁련휘를 좋아한다는 사실을 깨달은 그때부터 그의 발걸음 소리에도, 그의 향기를 느끼고 목소리를 듣는 것만으로도 주책없이 뛰어 대는 이 심장을 주체할 수 없었기에 피했던 것이다.

비설이 손목이 잡힌 채로 대답했다.

"그, 그럼 어쩝니까? 형님이 좋아서, 너무 좋아서 보는 것만으로도 이렇게 심장이 뛰는데요. 이러다가 제가 제 명에 못 죽을 것 같은데 그럼 어떻게 합니까."

자신의 속마음을 아무렇지 않게 내뱉는 비설의 모습에 혁련휘는 놀란 듯 눈을 크게 치켜떴다.

그저 고백을 하고 부끄러워 피한다고만 생각했다.

그렇지만 아니었다.

언제나 용기 있는 이 여인은 자신의 속마음을 드러냈다고 해서 누군가를 피하거나 할 사람이 결코 아니라는 걸 혁련휘는 다시금 기억해 냈다.

부끄럽다는 듯 얼굴을 붉히며 말하는 비설을 바라보던 혁련휘의 마음도 크게 흔들렸다.

혁련휘가 천천히 입을 열었다.

"……익숙해지면 되잖아."

"네?"

그게 무슨 소리냐는 듯이 쳐다보는 비설을 혁련휘가 강하게 잡아당겼다.

멀어지려는 그녀의 허리를 안듯이 가까이 잡아당긴 혁련휘가 놀라 어쩔 줄 몰라 하는 비설을 향해 말을 이었다.

"도망치지 말고 익숙해지라고. 나한테."

"저기 그게 말처럼 쉬운 게……."

너무나 가까워진 혁련휘 탓에 더는 붉어질 수 없을 정도로 얼굴이 달아올라 있는 그때였다.

혁련휘가 허리를 안은 반대편 손을 들어 올리며 말했다.

"이거 받아."

갑작스럽게 건네는 붉은 천에 싸인 뭔가를 비설이 받아 들었고, 그제야 혁련휘가 허리를 감싸 안은 손을 풀고는 한 걸음 정도 뒤로 물러났다.

"파아."

그제야 긴 숨을 내쉴 수 있었던 비설이 이내 얼결에 받아 든 물건을 바라보며 물었다.

"이게 뭡니까?"

"옷이야."

"옷이요? 갑자기 웬 옷을……."

말을 하면서 주섬주섬 붉은 천을 벗겨 낸 비설이 고급스러운 비단으로 된 옷을 발견하고는 눈을 화등잔만큼 크게 치켜떴다.

옷의 모양새가 뭔가 이상하다는 걸 단번에 알아차린 비설은 곧 접혀 있던 옷을 반쯤 펼쳤다. 그것만으로 비설은 이미 이 옷의 정체를 알 수 있었다.

그녀가 당황한 듯 말했다.

"혀, 형님. 이거 여자 옷 아닙니까?"

"그런데. 뭐 문제라도 있는 건가?"

"아뇨. 문제가 있는 건 아닌데 왜 여자 옷을 지금 저한테 주시는 건지 잘 모르겠어서요."

"이틀 후 있는 연회. 그 자리에 너도 참석해."

"……이 옷을 입고 오라는 건 아니시죠?"

"맞아. 그거야."

당황하는 비설과는 달리 너무 담담하니 말하는 혁련휘였다. 그런 그를 향해 비설이 황급히 말을 이어 나갔다.

"하지만 형님. 제가 이 옷을 입으면 여자라는 게 들통이 날 텐데요. 그렇게 되면……."

걱정스럽게 말을 이어 가는 그녀의 말을 자르며 혁련휘가 말했다.

"네가 남장을 한 이유가 뭔지 생각나?"

"그거야 당연히 마교에 들어와서 삼천기를 회수하려고……."

"말 잘했군. 이미 두 개는 네가 가져갔고, 나머지 하나를 구하는 건 전에 말했던 것처럼 내가 해 주지. 그럼 네가 더 남자 흉내를 내야 할 필요는?"

혁련휘의 말에 비설은 갑자기 꿀 먹은 벙어리가 된 것처럼 입을 닫았다.

생각해 보니 자신이 남장을 하고 학관에 입관했던 것 자체가 마교에 들어와 삼천기를 회수하기 위해서였다.

여인의 모습으로는 너무나 시선을 끌기에 차라리 사내 행세를 하며 살아왔다.

물론 불편한 것이 한두 가지가 아니었다.

자신 또한 사내라 생각하고 옷을 훌렁훌렁 벗어 대던 이들도 있었고, 말도 안 되는 음담패설에 곤란해하던 때도 있었다.

그 모든 곤란한 일들을 감내하면서까지 남장을 해 왔던 건 삼천기를 위해서였다.

그런데 혁련휘의 말대로 이미 자신은 삼천기 중 두 개를 회수했고, 나머지 하나인 백화보검은 그가 직접 구해 주겠다 말하고 있었다.

남자의 모습이든 여인의 모습이든 삼천기 회수를 위해 마교에 들어온 상황.

일이 이렇게 된 지금 남자의 모습이건, 여자의 모습이건 사실 아무런 의미도 없어져 있었다.

어쩌면 혁련휘에게 자신의 목적이 삼천기의 회수인 게 들통 나는 그 날부터 굳이 남장을 해야 할 이유도 같이 사라졌던 걸지도 모르겠다.

다만 그 사실을 지금에서야 깨달은 것뿐, 혁련휘의 말대로 여인으로 돌아간다 해도 아무런 문제가 없었다.

비설이 어물거리다가 이내 고개를 끄덕였다.

"그러게요. 이제 굳이 남장을 하고 있을 이유가 딱히 없네요."

혁련휘의 말대로 남장을 할 이유가 사라졌다는 건 알겠다. 그렇지만 비설에겐 아직 의문이 남아 있었다.

"그런데요, 형님. 왜 갑자기 그 자리에 저를……."

이상하다는 듯 물어 오는 비설을 향해 혁련휘가 짧게 대답했다.

"그 질문에 대한 대답은 그날 하지."

혁련휘의 말에 비설은 그저 고개를 끄덕일 수밖에 없었다. 그녀는 혁련휘에게서 건네받은 옷을 양손으로 꽉 껴안은 채로 자그마한 목소리로 말했다.

"……선물 감사합니다, 형님."

부끄러운 상황에서도 목소리를 쥐어짜는 비설을 혁련휘는 그저 말없이 바라만 보고 있었다. 그리고 그런 혁련휘의 시선 속에서 옷을 만지작거리는 비설의 표정은 복잡했다.

꽤나 오랜 시간 동안 남장을 해 온 탓에 그래도 익숙해지긴 했지만…… 아무리 그래도 여인의 몸으로 남자처럼 살아온다는 건 생각보다 쉬운 게 아니었다.

혁련휘에게 선물 받은 이 옷.

이 옷이 의미하는 바는 생각보다 컸다.

비설이 조심스레 옷을 품에 안았다.

이제…… 여인으로 돌아갈 시간이다.

4장. 마후(魔后)

— 이 여인이다

대공자의 배필을 정할 연회가 다가오고 있었다.

마교에 있는 수많은 권력자들은 자신의 여식이나 조카들을 불러 모아 이번 연회를 준비하고 있었다. 마교의 안주인인 마후의 자리. 그 자리에 오를 수 있는 선택 받은 일인이 되기 위해서다.

연회를 하루 앞둔 오늘, 마지막 준비로 마교가 시끌벅적했다.

외부로 나가 있던 수많은 이들도 돌아올 정도로 중요한 연회, 그리고 그 연회를 위해 돌아온 이들 중에 낯익은 인물이 있었다.

그 여인의 이름은 다름 아닌 백리소소. 환영학관에서 혁련휘와 함께했던 그녀 또한 마교에 모습을 드러냈다.

마교 안주인의 자리를 차지할 수 있는 절호의 기회.

마교삼화 중 한 명인 백리소소를 지닌 백리세가에서 그냥 있을 리가 없었다.

백리세가에서는 환영학관에 있던 그녀를 다급히 불러들였고, 그녀는 그 명을 받들어 이곳 마교로 돌아온 것이었다.

백리소소는 시녀 한 명을 대동한 채로 오랜만에 마교 나들이에 나섰다.

물론 표면적으로는 나들이로 포장하고 있었지만 진짜 속셈은 다른 곳에 있었다.

혁련휘와 어떻게든 만나기 위해 그녀가 나들이를 핑계 삼아 길에 나섰던 것이다.

다른 이들이라면 모를까 백리소소는 혁련휘와 안면이 있는 사이.

어떻게든 만나서 이야기를 나눌 기회를 만들고자 했었던 것이다.

오늘 혁련휘의 일정을 꿰고 있었던 백리세가에서는 백리소소를 그쪽 길목에 위치할 수 있게 신경 써 주었다.

그리고 차를 마시는 다관(茶館)에서 기다리던 그녀의 눈에 마침내 길목에 들어선 혁련휘의 모습이 들어왔다.

혁련휘는 환야와 단둘이 거처로 돌아가는 길이었다. 그리고 그의 모습을 확인하는 순간 다관 이 층에 위치해 있던 백리소소는 곧바로 자리에서 일어났다.

그녀가 이토록 예를 갖추는 건 비단 그가 대공자라서가 아니다.

만약 이곳 이 층에서 혁련휘에게 차 한잔하자고 이야기를 전한다면 그가 어떤 반응을 보일지 백리소소는 너무나 잘 알았다.

환영학관에서 어느 정도 혁련휘를 겪어 보았기에 할 수 있는 판단이었다.

자리를 박차고 일어난 백리소소가 다관의 앞으로 걸어 나갔고, 그 길목으로 막 혁련휘가 지나쳐 가다가 그녀를 발견했다.

백리소소가 먼저 웃는 얼굴로 말을 걸었다.

"대공자님 오랜만에 뵙네요."

"……이 만남 우연인가?"

자신이 지나쳐 가는 길목에서 우연히 만난 듯한 모양새지만 그럴 확률이 얼마나 되겠는가. 혁련휘의 그 말에 백리소소는 솔직하니 대답했다.

"아뇨, 대공자님이 지나가실 걸 알고 제가 여기서 기다렸어요."

"이유는?"

"잠시 차 한잔하면서 드리고 싶은 제안이 있는데…… 시간 괜찮으실까요?"

백리소소는 조심스럽게 말을 이었다.

혁련휘에 대해 어느 정도 알기에 그녀는 말투에도 신경을 썼다.

강경하기보다는 부드럽게 부탁하는 어조로 말을 꺼냈고, 그런 백리소소의 행동은 다행히 혁련휘의 심기를 거스르지 않았다.

혁련휘가 물었다.

"제안?"

"네, 번거로우시겠지만 잠시 시간을 내주셨으면 해요."

혁련휘는 잠시 백리소소를 내려다봤다.

굳이 그녀에게 시간을 내어 줄 정도로 친근한 사이는 아니었지만 지금 눈앞에 있는 걸 그저 학관에서 알던 백리소소로 여겨선 안 된다.

지금 그녀는 백리소소가 아닌 백리세가의 일원으로 이 자리에 있는 것이다.

말은 백리소소가 전하고 있지만 그녀가 하는 이야기들은 전부 백리세가의 뜻이리라.

칠대천에 못 미친다고는 하지만 마교 내부에서 알아주는 가문 중 하나인 백리세가. 그런 그들이 자신에게 뭔가를 말하고자 한다는 사실을 안 혁련휘가 고개를 끄덕이며 말을 받았다.

"잠시라면 가능할 것 같군."

"감사합니다. 그럼 우선 안으로 드시지요. 자리를 준비해 두었어요."

문을 통해 걸어 들어온 다관은 조용했다.

당연한 일이었다. 오늘 이곳을 백리세가에서 통째로 빌렸기에 이들을 제하고는 그 누구도 들어올 수 없었다. 그만큼 오늘 나눠야 할 이야기가 중요한 것이었던 탓이다.

그렇게 혁련휘와 함께 다관으로 들어선 백리소소는 이층에 위치한 가장 안쪽 방으로 그를 안내했다.

입구까지 함께 갔던 환야가 일부러 멀찍이 서서 말했다.

"전 여기서 대기하지요, 대장."

"그렇게 해."

환야와 백리소소를 따르던 시녀를 입구에 둔 채로 두 사람은 안으로 걸어 들어갔다.

그리고 방 안에는 막 준비해 둔 찻물이 자리하고 있었다.

준비되어진 자리를 가리키며 백리소소가 말했다.

"앉으시지요."

혁련휘는 별 대꾸 없이 자리에 앉았고, 그런 그의 맞은편에 백리소소가 위치했다.

마주 앉은 상태로 백리소소가 혁련휘에게 차를 권했다.

"따로 준비해 온 차예요. 몸을 녹이시는 데 도움이 되실 테니 한잔하시지요."

백리소소의 말에 찻잔을 들어 올려 가볍게 입술을 축인 혁련휘가 곧 말을 이었다.

"그래서 할 말은?"

곧바로 본론을 물어 오는 혁련휘의 모습에 백리소소는 미소를 머금었다.

이 사내는 예전과 전혀 변한 게 없었다. 쓸데없는 대화를 나누는 법이 없는 사내.

백리소소가 그런 혁련휘의 질문에 바로 목소리에 힘을 주어 답했다.

"마후의 자리를 가지고 싶어요."

"……."

백리소소의 솔직한 말에 혁련휘는 무뚝뚝한 눈으로 그녀를 응시했다. 이곳 다관으로 들어올 때부터 그녀와 백리세가가 원하는 게 무엇인지는 이미 짐작하고 있었던 터다.

지금 같은 상황에 자신에게 원하는 건 오직 그것뿐이었을 테니까.

혁련휘가 서서히 입을 열었다.

"그게 제안인가?"

"그럴 리가요. 전 대공자께서 절 선택하심으로 인해 얻을 수 있는 득에 대해 말하고자 합니다."

"득?"

"예, 득이요."

백리소소는 주여진과는 달랐다.

주여진은 자신의 미모로 혁련휘에게 다가갔다. 물론 백리소소도 혁련휘를 몰랐다면 그런 방법을 택했을지 모른다.

그렇지만 그녀는 학관에서 혁련휘를 겪어 왔다.

그랬기에 백리소소는 잘 알았다.

혁련휘는 미색으로 어찌할 수 있는 상대가 아니라는 걸. 그랬기에 그녀는 본능이 아닌 정치적인 부분을 가지고 혁련휘에게 손을 내밀고 있었다.

"대공자님의 이번 혼인이 중요한 이유는, 다름 아닌 기반이 되어 줄 새로운 세력이 생긴다는 점이에요. 아마도 지금 가장 그 자리에 적합한 건…… 혈뢰주가겠지요."

백리소소는 냉정하게 상황을 판단했다.

미모에서도 가문이 지닌 힘에서도 자신은 혈뢰주가의 주여진을 이길 순 없었다. 그렇지만 혈뢰주가가 무조건적인 답은 아니었다.

그들의 커다란 힘, 그것이 오히려 혁련휘에게 위험이 될 수 있다는 부분을 짚고 들어가는 것이다.

"혈뢰주가를 같은 편으로 둔다면 분명 큰 힘을 얻으시겠지요. 허나…… 그들은 결국 그 힘을 이용해 마교의 수많은 것들을 좌지우지하려 들 거예요. 그렇지만 저희 백리세가는 다릅니다."

"뭐가 다르다는 거지?"

"저희는…… 무조건적으로 대공자님을 따르겠습니다. 외척이 되어 대공자님을 곤란하게 만드는 일은 결코 없게 하겠다는 말이지요. 아무런 힘이 없이 살아도 돼요. 그저 마후의 자리, 그것만 저에게 주시면 됩니다."

백리소소는 말하고 있었다.

커다란 세력인 혈뢰주가가 외척이 된다면 결국 그들은 마교 내부를 어지럽게 만들지도 모른다고. 그러니 다소 힘이 모자라긴 하지만, 그래도 대공자인 혁련휘에게 모든 힘을 실어 줄 자신의 손을 잡으라고 말이다.

그건 분명 매력적인 조건이었다.

가족이라는 울타리로 이어진 같은 세력이 없는 혁련휘다.

백리세가가 칠대천에 미치지는 못한다고 하지만 마교에

서 적지 않은 세력을 지닌 가문인 건 분명한 노릇. 그런 그들이 가문의 욕심이 아닌 혁련휘를 위해 움직이겠다 말하고 있다.

길게 말을 이어 가던 백리소소가 목소리에 힘을 주어 말했다.

"저희 가문이 원하는 건 단 하나."

그녀가 혁련휘를 바라보며 말을 이었다.

"……제 아들이 마교의 교주가 되는 것뿐입니다."

마후가 매력적인 이유.

마후라는 것 자체가 마교의 안주인이기도 했지만, 다음 교주의 어머니가 된다는 말이기도 했다.

마교의 주인은 곧 천하의 주인.

그리고 자신의 자식이 그 천하의 주인이 되는 모습을 백리소소는 너무도 보고 싶었다.

자신들의 모든 힘을 실어 주겠다는 제안을 하며 자신에게 마후의 자리를 달라 제안하는 백리소소를 바라보던 혁련휘가 찻잔에 손을 가져다 댔다.

그가 입을 열었다.

"적어도…… 혈뢰주가에서 왔던 그 여자보다는 네가 낫군."

"그 말씀은 제 손을 잡아 주시겠다는 말씀이신가요?"

혁련휘의 말에 백리소소의 눈동자가 빛났다.

지금 혁련휘의 말투에서 희망을 느낀 탓이다. 그렇지만 그런 그녀를 향해 혁련휘가 짧게 말했다.

"아니."

밝아졌던 백리소소의 표정이 그 실망스러운 대답에 이내 딱딱하게 굳었다.

그녀가 말을 받았다.

"혈뢰주가는 결국 대공자님이 아닌 가문을 위해 모든 것들을 판단할 거예요. 그럴 바엔 차라리 저희 백리세가를 선택하셔서……."

"내가 혈뢰주가를 선택하겠다고 한 적이 있었던가?"

"……아니라는 말씀이신가요?"

"아니야."

혁련휘의 대답을 들은 백리소소의 머리가 혼란스러워졌다. 혈뢰주가가 아니라면 어디란 말인가.

그녀의 머리에 수많은 가문들이 떠올랐다.

혁련휘의 편에 섰던 칠대천인 마혈적가와 흑랑방이 가장 먼저 떠올랐고, 그 이후에 여타의 수많은 가문들도 생각해 보긴 했지만…… 그녀는 도통 혁련휘의 선택이 어디인지 감이 오지 않았다.

당장의 큰 힘을 원한다면 혈뢰주가여야 했고, 흔들리지

않는 편을 원한다면 자신들의 손을 잡는 게 답이었다.

그런데 그 둘을 다 버리고 대체 누구를 선택한단 말인가.

머리를 굴리는 백리소소를 보며 혁련휘가 말했다.

"고민할 필요 없어. 아무리 생각해도 답을 찾지 못할 테니까."

말을 마친 혁련휘가 막 자리에서 일어날 때였다.

다급한 목소리로 백리소소가 물었다.

"제가 아는 사람인가요?"

그런 그녀의 질문에 잠시 선 채로 시선을 돌렸던 혁련휘가 대답했다.

"응. 너도 아는 사람."

*　　*　　*

혁련휘가 백리소소와 자리하고 있는 그 시각.

마교의 외성 한 곳에 위치한 대전에 모든 이들이 모여 있었다.

유영인과 우치, 고경천과 소일홍까지.

그들은 휘장에 싸인 우두머리의 말을 기다리고 있었다.

침묵의 끝에 마침내 휘장 너머의 사내가 입을 열었다.

"준비는?"

"명하신 것들은 다 끝났습니다."

대답하는 고경천의 목소리가 살짝 떨려 왔다.

기나긴 음지에서의 삶, 그 삶이 드디어 끝나 가고 있음을 직감하고 있었기 때문이다.

휘장 안의 사내가 말했다.

"유영인, 고경천. 둘은 새외로 가거라. 그곳에서 내 연락을 기다려야 한다."

"명 받듭니다."

두 사람이 동시에 대답했다.

사내는 그런 둘에게 재차 이야기를 이었다.

"너희 둘을 시작으로 하여 우리는 마교 내부를 흔들 것이다. 한 치의 실수도 없어야 한다."

십수 년 전에 가졌던 계획.

그렇지만 혁무조라는 사내 하나로 인해 그 모든 계획들을 지금까지 미뤄야만 했다.

이토록 긴 시간을 말이다.

허나 이제는 아니다.

이 작전을 위해 그 오랜 시간 얼마나 숨죽이고 일을 계획했단 말인가.

그리고 그토록 오래 준비하고 시작되는 계획.

이번엔…… 실패하지 않는다.

그런 사실을 느껴서일까. 휘장에 가려져 있음에도 불구하고 건너에서 느껴지는 그 뜨거운 열기가 반대편에 있는 이들에게도 풍겨져 왔다.

휘장 너머의 사내가 자리에서 벌떡 일어났다.

그러고는 부복하고 있는 수하들에게 흥분된 목소리로 명을 내렸다.

"가거라!"

외침과 함께 유영인과 고경천의 모습이 대전에서 연기처럼 사라졌다.

사라진 두 사람, 그리고 그 빈자리를 바라보던 휘장 안의 사내가 신이 난 듯 웃음을 터트렸다.

"하하하하!"

아직 대전에 남아 있던 다른 두 명 또한 그런 사내와 마찬가지로 입가에 미소를 머금었다.

그간의 노력들을 곧 보상받을 수 있으리라는 것을 너무나 잘 알았기 때문이다.

우치가 흥분으로 인해 축축해진 손바닥을 어루만졌다.

'그 비설이라는 놈을 죽일 날도 얼마 안 남았네.'

비설에게 당했던 부위가 아직도 종종 쿡쿡 쑤셔 온다. 그리고 고통이 찾아올 때마다 동시에 밀려드는 짙은 살의.

혁련휘의 배필을 찾는 연회로 마교가 시끄러운 지금 오

랫동안 묵혀 두었던 검은 계획들이 그 뒤편에서 꿈틀거리기 시작했다.

곧…… 천하의 주인이 바뀐다.

* * *

연회 날 오후.

혁련휘는 평소처럼 아침 일찍 일어나 무공 수련에 열중했다. 그렇게 긴 시간을 홀로 무공을 연마하던 그는 시간이 되었다며 환야가 찾아온 이후에야 연회에 참석할 준비를 시작했다.

무공 수련을 하느라 흘렸던 땀을 씻어 낸 그는 곧바로 환야가 가지고 온 옷을 걸쳤다.

평상시 즐겨 입던 검은 무복이 아닌 붉은색의 화려한 옷을 걸친 혁련휘는 평소와는 무척이나 달라 보였다.

옆에서 그런 혁련휘를 바라보며 환야가 말했다.

"인물이 좋으시니 뭘 입으셔도 어울리시는군요."

"실없는 소리 하지 말고 넌 비설이나 잘 데리고 와."

"대장은요?"

"이곳으로 부의민이 달치랑 같이 올 거야. 그 둘이랑 먼저 연회장으로 가 있지."

"같이 가시면 될 텐데 왜 굳이……."

"준비하느라 시간이 좀 걸릴 테니까."

혁련휘의 말에 환야가 이해가 안 간다는 듯 고개를 갸우뚱했다.

딱히 비설이 준비를 하는 데 오래 걸린다 여겼던 적이 없던 탓이다.

빠릿빠릿한 탓에 그 누구보다도 빨리 준비를 끝마치곤 했던 그녀다.

의아하긴 했지만 환야는 더 묻지 않았다.

혁련휘가 그리 말했으니 나름의 이유가 있다 여긴 탓이다. 그는 고개를 끄덕이며 대답했다.

"그러죠. 그럼 비설이랑 같이 나중에 합류하겠습니다."

"그래."

말을 마친 혁련휘가 마지막으로 옷매무새의 점검을 끝냈을 때였다. 이번 연회를 위해 밤낮으로 골머리를 썩였던 부의민이 달치와 함께 연무장에 모습을 드러냈다.

부의민이 다가오며 말을 걸었다.

"준비는 다 된 모양이네?"

"시간도 슬슬 된 것 같은데 출발하지."

말을 마친 혁련휘가 환야를 놔둔 채로 두 사람이 있는 쪽으로 다가왔다. 혼자 다가오는 혁련휘를 보며 부의민이 물었다.

"환야는 안 가?"

"환야는 따로 오기로 했으니까 신경 쓰지 않아도 돼."

"그래?"

별 대수롭지 않은 일이라 여겼는지 부의민은 가볍게 끄덕거리고는 곧바로 선두에 선 채로 혁련휘와 달치를 데리고 목적지인 연회장을 향해 움직이기 시작했다.

달치는 연회라는 말에 좋다는 듯 입꼬리가 귀에 걸린 상태였다. 그런 그를 향해 부의민이 너무 기대 말라는 듯 말했다.

"말이 연회지 거하게 음식 차려져 있고 그런 자리 아니야. 너무 기대하지 말고. 아, 그리고 절대 사고도 치면 안 된다."

부의민의 말에 달치가 무슨 소리냐는 듯 눈을 동그랗게 뜨고 되물었다.

"달치 사고 안 친다. 달치 그런 거 쳐 본 적 없다."

그런 적 없다며 말하는 달치를 보며 부의민은 작게 한숨을 내쉬었다.

달치가 만약 사고를 치기 시작한다면 솔직히 말해 자신의 힘으로 막는 건 불가능했다.

다만 혁련휘의 말이라면 누구보다 잘 따르는 달치니 최

악의 경우엔 그가 어떻게든 해결할 거라 믿고 있었다.

한숨과 함께 부의민이 대꾸했다.

"오늘은 중요한 자리니까 내 옆에서 조용히 있자고. 알았지?"

부의민은 오늘 혁련휘의 선택이 궁금했다.

과연 누군가를 선택해 가족이라는 울타리의 새로운 세력을 만들지, 아니면 모두를 거절하며 또 다른 방법을 모색할지 말이다.

그러나 하나 분명한 건 혁련휘가 어떠한 선택을 하던 부의민은 전적으로 그 결정을 따를 거라는 거다.

무서운 속도로 마교의 모든 세력들을 하나로 규합시키고 있는 혁련휘의 모습에 부의민 또한 내심 그가 자랑스러웠다.

그를 따르기로 마음먹고 이곳 마교까지 와서 제법 많은 일들이 있었다.

보통 이들이라면 감당하기 어려웠던 수많은 사건들. 그렇지만 그 사건들마다 혁련휘는 결국 자신의 힘으로 난관을 헤쳐 나갔고, 결국 이 자리에까지 섰다.

마교의 칠대천을 비롯한 수많은 수장들이 앞다투어 그의 앞에 줄을 서려고 할 정도로.

'내가 사람 보는 눈 하나는 확실하다니까.'

처음 환영학관에서 재수 없는 놈이라고 투덜거렸던 건 이미 머릿속에서 지워졌는지 부의민은 히죽거렸다. 그런 부의민을 바라보던 달치가 갑자기 입을 열었다.

"부의민 이상하다. 갑자기 혼자 웃는다."

"인마, 내가 언제."

부의민은 달치한테 이상하다는 말을 듣고는 입가에 머금었던 웃음을 황급히 거뒀다.

'거참, 이상한 놈한테 이상하다는 말을 들으니 기분 참 묘하네.'

그렇게 부의민과 달치가 떠들어 대며 걷던 와중 점점 연회장과의 거리가 가까워져 왔다. 그러자 방금 전까지 장난만 쳐 대던 부의민의 표정과 행동들이 돌변했다.

말수가 줄었고, 표정에는 장난기가 싹 사라졌다.

지금부터는 부의민이 아니라, 대공자의 수하로서 이 자리에 있는 것이기 때문이다. 연회장으로 가까이 다가갈수록 익숙해 보이는 얼굴들이 곳곳에서 모습을 드러냈다.

그들이 혁련휘에게 다가오며 하나씩 짧게 포권을 취하는 식으로 예를 갖추었다. 그리고 그런 그들을 향해 혁련휘는 눈인사로 대답을 대신했다.

그렇게 도착한 연회장의 장소.

연회장은 이미 먼저 온 이들로 시끌벅적했다. 닫혀 있던 문이 열리며 안쪽으로 혁련휘의 등장을 알리는 소리가 퍼져 나갔다.

"대공자님 드십니다!"

그 고함은 시끄럽던 연회장 내부를 순간적으로 침묵에 휩싸이게 만들었다.

조용해진 연회장. 그리고 그 연회장의 가운데 난 길을 따라 혁련휘가 천천히 안으로 걸어 들어오고 있었다. 가운데에 난 길에 위치하고 있던 이들이 황급히 옆으로 비켜섰고, 오로지 그 길에는 혁련휘만이 자리할 수 있었다.

혁련휘의 뒤를 따라오던 부의민과 달치도 그 길옆으로 슬쩍 빠져나가 혁련휘의 존재감을 더욱 부각시켰다.

혁련휘가 가운데에 난 길을 통해 걸음을 옮기자 양측에 도열해 있는 이들 모두가 고개를 숙였다.

연회장은 무척이나 화려했다.

허나 이 화려함은 비단 장식들 때문만이 아니다.

이곳 연회장에 참석한 수백 명에 달하는 아름다운 여인들.

이 여인들의 형형색색의 옷들과 몸에 뿌리고 온 갖은 향기들이 뒤섞인 장소. 그 모든 것들이 하나가 되며 이 연회장을 보다 화려하게 느껴지도록 만들고 있는 것이었다.

이 연회장을 찾은 수백 명의 여인들 대부분이 하나같이

어디 내놔도 모자라지 않을 뛰어난 미색을 자랑했다.

다른 것도 아닌 마후에 오를 영예를 가지게 될지도 모르는 자리다.

조금이라도 욕심이 있는 자들이라면 참석하지 않을 이유가 없었다.

혁련휘가 나타나서 자신의 자리에 가서 착석하기 무섭게 주석인이 모습을 드러냈다. 그는 자신의 옆에 조카딸인 주여진을 데리고 곧바로 혁련휘에게 다가오며 웃음을 흘렸다.

"허허, 대공자님 연회는 마음에 드시는지요?"

가장 먼저 다가와 혁련휘에게 인사를 건네는 주석인과 주여진을 향해 연회장 내부에 있는 뭍 여인들의 시선이 쏠렸다.

그도 그럴 것이 이곳에서 가장 높은 확률을 지니고 있는 것이 바로 저 마도삼화 중 으뜸인 주여진이라는 사실을 모르는 이가 없기 때문이다.

미모와 가문, 두 가지 모두를 갖춘 그녀는 가장 마후에 근접한 여인이라는 평가를 받고 있었다.

주석인의 물음에 혁련휘가 짧게 대답했다.

"냄새 때문에 머리가 다 지끈거리는군."

"곧 익숙해지실 겁니다. 아 참, 이 아이는 일전에 한번 보셨지요?"

주석인이 옆에 서 있는 주여진을 다시금 혁련휘의 눈앞에 은근슬쩍 들이밀었다.

자리에 앉은 혁련휘가 슬쩍 곁눈질로 그녀를 확인하고는 말을 받았다.

"못 볼 수가 있나. 주 가주가 그리 보냈는데."

혁련휘의 말에도 주석인은 그저 웃음으로 가볍게 말을 넘겼다.

당시 혁련휘에게 눈도장을 찍기 위해 주여진을 보냈었다.

물론 혁련휘가 그녀를 거의 문전박대하다시피 하고 쫓아냈다는 사실은 이미 들어 알고 있다.

그 일이 있은 이후 주석인은 다시금 주여진을 혁련휘에게 보내는 어리석은 짓을 하지 않았다.

한동안 옆에서 보아 왔던 바로는, 혁련휘에게 그런 행동을 한다는 건 득보다는 오히려 실이 많을 거라는 걸 직감한 탓이다.

그가 옆에 서 있는 주여진에게 말했다.

"뭣 하느냐. 다시 인사 안 올리고."

"대공자님을 뵙습니다. 일전에 어쩌다 보니 기분을 상하시게 만들었는데 무례를 용서하세요."

정중한 사과와 함께 가볍게 눈웃음을 치는 주여진에게서는 사내들을 홀릴 매력이 풀풀 풍겨져 나왔다. 그렇지만 그런 매력을 뿜어내고 있음에도 불구하고 혁련휘는 그녀에게 제대로 시선조차 주지 않았다.

혁련휘는 별다른 대꾸 없이 그저 의자에 몸을 기댈 뿐이었다.

오늘의 주인공인 혁련휘가 아무런 반응도 없이 의자에만 앉아 있자 기회를 엿보던 주석인이 나섰다.

"자자, 주목들 하십시다!"

주석인은 모두의 시선을 자신에게 집중시켰다. 마치 이 자리의 주인공이 자기라도 된 것처럼 일을 진행하고 있는 주석인의 태도에 많은 이들이 눈살을 찌푸리긴 했지만 그런 사실에 대해 대놓고 뭐라고 하는 이는 없었다.

앞에 나서서 뭔가를 하는 게 마음에 들진 않았지만 주석인은 칠대천의 하나를 이끄는 수장. 더군다나 묵룡천가가 무너진 지금 이 연회를 주관하는 건 어쩌면 자연스럽게 그의 몫이기도 했다.

주석인이 아닌 누가 지금 이 상황에 나서서 이 연회를 이끈단 말인가.

마음에 안 들어도 지금 연회를 진행할 적임자 중 하나였기에 자리에 모인 이들은 가만히 그의 말에 귀를 기울였다.

"오늘 이 연회에 많은 분들이 찾아 주셔서 심히 감읍할 따름입니다. 이토록 많으신 분들이 대공자님을 생각하시니 우리의 앞날이 어찌 창창하지 않다 할 수 있겠습니까."

번드르르한 말을 내뱉으며 모두에게 짧은 예의를 갖춘 그가 천천히 좌중을 살펴봤다.

연회에 참석한 사내들은 대부분이 중년을 넘어선 고수들이 대부분.

그에 비해 여인들은 모두 마후의 자리를 노리고 온 젊은 여자들이었다.

높은 곳에 서서 바라보는 주석인에게는 그들의 눈에 담긴 욕심들이 보였다. 어떻게든 마후가 되고자 하는 욕심이.

예상했던 것보다 훨씬 많은 숫자의 여인들이 왔지만 주석인의 자신감은 여전했다.

'후후, 결국 너희는 머리 숫자를 채울 어중이떠중이들일 뿐이지.'

어차피 선택받을 수 있는 건 한 명뿐이고, 그렇다면 이미 답은 나왔다. 애초부터 답은 정해져 있었고 그저 그 결과에 모두가 수긍할 수 있도록 연회를 만든 것뿐이다.

최강의 가문과 최고의 미녀.

이 두 가지를 가진 자신이 질 거라 여기지 않았다.

오늘 이 연회는 그저 모여서 먹고 즐기자고 모인 자리가 아니다.

이 자리를 통해 대공자의 짝을 찾아야 한다는 명백한 목적이 있는 연회.

결국 오늘 이 자리를 통해 향후 마교를 쥐고 흔들 세력 하나가 정해지는 것이다.

보이지 않는 전쟁이 벌어지는 연회장에서 주석인이 모두에게 말했다.

"자, 그럼 이렇게들 있는 것보다 한 명씩 대공자님과 마주하고 짧게나마 인사를 드리는 게 어떻겠습니까? 대공자님도 직접 뵙고 이야기를 나눠 봐야 마음에 드는 여인도 찾으시지요. 안 그렇습니까?"

주석인의 제안에 사람들은 고개를 끄덕였다.

누가 봐도 공정한 제안으로 보였지만…… 이런 일을 벌이는 것 자체가 자신이 있었기 때문이다. 혁련휘가 한 명씩 독대를 하면 할수록 그는 더욱더 주여진의 아름다움을 확인할 수밖에 없을 것이다.

이곳에 모인 모든 여인들을 눈으로 확인하여 여지를 남겨 두지 않아야 추후에 혁련휘가 결정을 내리는 데 도움이 될 거라 여긴 것이다.

그런 주석인의 제안에 사람들은 혁련휘가 자리하고 있는 의자의 앞으로 빠르게 몰려들었다. 줄을 서듯 일렬로 도열한 인원들.

그리고 모든 이들이 자리하자 여인들은 한 명씩 혁련휘에게 다가가 포권과 함께 자기소개를 하기 시작했다.

"대공자님. 소녀의 이름은……."

"소녀는 신안세가 가주의 셋째 딸로 특기는……."

한 명씩 혁련휘의 앞으로 다가와 웃는 얼굴로 자신의 소개를 해 대기 시작했고, 수십 명에 달하는 이들이 자신에 대해 말하는 그때까지 그는 미동도 하지 않았다.

마치 망부석이라도 된 것처럼 의자에 앉아 턱을 괸 채로 그저 말없이 자신을 소개하는 여인들과 마주하고 있을 뿐이었다.

빼어난 미인들이 줄지어 서 있거늘 시선 한 번 제대로 주지 않는 혁련휘의 모습.

그럼에도 불구하고 계속해서 여인들은 한 명씩 자신을 소개하고 어떻게든 혁련휘의 눈에 들기 위해 여러 가지 말들을 꺼내고 있었다.

그렇게 여인들의 소개가 이어지고 있는 바로 그때였다.

끼이익.

뒤쪽의 문이 열리며 한 쌍의 남녀가 걸어 들어오고 있었다.

물론 혁련휘가 온 이후에도 몇 번이고 저 문은 열렸다 닫혔다를 반복했다.

그리고 그때마다 잘 차려입은 여인들이 혁련휘의 눈에 들기 위해 최대한 신경을 쓰며 조심스럽게 걸어 들어오곤 했었다.

그렇게 봤을 때 지금 문이 열리며 뒤늦게 누군가가 들어오는 건 결코 특별한 일이 아니었다.

다만…… 들어온 사람이 문제였다.

사르르륵.

옷자락이 흩날리는 소리와 함께 한눈에 봐도 고급스러워 보이는 하얀 비단으로 만들어진 옷을 걸친 여인 한 명이 걸어 들어오고 있었다.

흑단과도 같은 검은 머리카락은 그 백의와 너무 잘 어울렸고, 목 언저리에 수놓아져 있는 꽃무늬는 좋은 주인을 만난 탓인지 당장에라도 튀어나올 것 같은 착각을 불러일으켰다.

무늬에조차 생명을 불어넣을 것 같은 청초한 아름다움을 지닌 여인.

쭉 뻗은 팔과 다리, 그리고 하얀 얼굴에 앵두를 머금은 듯한 붉은 입술까지도.

들려온 소리에 잠시 뒤로 고개를 돌렸던 연회장 내부에 있는 수많은 사내들이, 심지어 여인들조차도 그 여인을 보고는 놀란 듯 눈을 뗄 수가 없었다.

한 번 보는 순간 그 압도적인 미모에 숨이 막혀 온다.

화중화(花中花).

일명 꽃 중에서도 가장 손꼽히는 꽃을 칭하는 그 단어가 절로 생각날 수밖에 없을 정도의 압도적인 미모를 가지고 있는 여인.

이곳에 모인 수많은 미인들과는 아예 비교 선상에 놓을 수 없을 정도로 빼어난 여인이다.

사내고 여인이고 할 것 없이 모두의 시선을 강탈해 버린 그녀가 혁련휘가 앉아 있는 쪽을 향해 말없이 한 걸음, 한 걸음 내디디고 있었다.

그리고 그런 그녀를 바로 옆 지척에서 본 남녀 모두가 넋을 잃은 듯 그저 멍하니 바라만 볼 뿐이었다.

막 혁련휘의 앞에서 스스로를 소개하던 여인마저도 순식간에 고요해진 연회장의 분위기를 느끼고는 고개를 돌렸다가 자신도 모르게 입을 벌린 채 다가오는 상대를 멍하니 바라만 봐야 했다.

그 순간 혁련휘가 자리에서 일어났다.

덜컹.

이곳 연회장에 들어와 자리에 앉은 이후 단 한 번도 미동조차 않던 그가 갑자기 일어난 것이다. 그러고는 자신 앞에 도열해 있는 수백 명의 여인들을 아무렇지 않게 양옆으로 제치며 그 여인에게로 다가가기 시작했다.

혁련휘와 다가오는 여인의 거리가 빠르게 좁혀져 갔다.

그리고 지금 이 순간 혁련휘는 주변에 있는 그 누구도 보이지 않았다. 눈앞으로 다가오는 그 여인에게 모든 신경이 쏠려 있었다.

처음부터 이 안에 모인 그 어떠한 여인들도 눈에 들어오지 않았던 그다. 이미 마음속에 담아 두었던 한 사람이 있었으니까.

그런 혁련휘가 기다렸던 유일한 여인.

그 여인이 지금 바로 눈앞에 멈추어 섰다.

선녀를 연상케 할 정도의 아름다운 옷을 입고.

거리가 가까워지자 그녀의 머리카락에서 짙은 향기가 풍겨져 나왔다. 그 향기는 여타의 여인들이 뿜어 대던 것들과는 달랐다.

혁련휘의 마음을 편안하게 해 주는 그런 신비한 향기였다.

그리고 마침내 멈추어 서 있던 여인의 바로 앞에까지 도달한 혁련휘가 자신의 앞에 있는 상대를 가만히 바라봤다.

참으로 오래도 알았던 얼굴인데…… 이렇게 마주하니 완전히 다른 사람 같은 느낌이다.

연회장에 있는 수백 명의 여인들이, 그리고 그들과 함께 자리한 마교 고위층 인물들의 시선이 그 두 사람에게로 쏟아지고 있었다.

숨소리조차 들리지 않을 정도로 조용한 연회장에서 마주 서 있는 두 사람의 모습은 너무나 아름다웠다.

말없이 서로를 응시하고 있는 두 사람은 그 누가 봐도 인정할 수밖에 없을 정도로 무척이나 잘 어울렸다.

그때 연회장에 갑자기 들어선 그 정체불명의 미녀가 자신의 옷을 내려다보며 입을 열었다.

"이렇게 좋은 옷 입어 보는 건 처음이라 그런데 어때요? 저 좀…… 어색하죠?"

마주 보고 서 있던 혁련휘가 갑자기 손을 들어 올려 그녀에게 천천히 뻗었다.

그의 손이 여인의 볼에 닿았다.

그런 혁련휘의 손길에 옷을 보기 위해 고개를 숙이고 있던 그녀가 놀란 듯 고개를 치켜들었다. 그렇게 시선을 마주하는 그 순간 혁련휘가 짧게 말했다.

"아니, 잘 어울려. 너무 예뻐서 누군지 못 알아볼 정도로."

혁련휘의 칭찬에 놀랐던 여인이 이내 배시시 웃었다.

그녀가 웃으며 입을 열었다.

"기다리게 해서 죄송해요…… 형님."

자신을 향해 형님이라 부르는 여인, 세상에서 이런 여인은 단 한 명뿐이었다.

비설, 바로 그녀다.

5장. 대답

— 내 옆에 있어

환야는 혁련휘와 비설이 지내는 방 앞에서 꽤나 오랜 시간을 서성이고 있었다. 평소였다면 준비를 끝마치고 나와도 한참은 전에 나왔어야 할 정도의 시간이 지났거늘 여전히 굳게 닫힌 문은 열릴 기미조차 보이지 않았다.

'대체 언제 나오려는 거야?'

환야가 그렇게 문 앞에서 막연하게 비설을 기다리고 있는 그때, 방 안에는 한 여인이 자리하고 있었다.

평소의 복장이 아닌 얇은 옷 하나만 걸친 비설은 앞에 있는 거울에 비치는 자신의 모습을 가만히 바라보고 있었다.

그리고 그 거울 바로 앞에 놓여 있는 탁자에는 혁련휘에게 선물 받은 고급스러운 백의가 곱게 접혀 올려져 있는 상태였다.

비설의 손이 이내 그 탁자 위에 놓여 있는 옷으로 향했다.

혁련휘가 선물로 주며 오늘 있을 연회에 입고 오라고 부탁했던 바로 그 옷. 그렇지만 그 옷을 바라보는 비설의 표정은 다소 복잡했다.

이 옷을 입는다는 것의 의미는 그리 간단한 게 아니었기 때문이다.

여인이지만 사내의 모습으로 살아왔다.

물론 혁련휘가 말한 대로 이제는 굳이 사내로 살아야 할 이유가 사라진 건 맞다. 애초부터 사내의 모습을 했던 것 자체가 마교로 들어와 삼천기를 회수하기 위해서였으니까.

그렇지만 마교의 대공자인 혁련휘가 그런 비밀을 이미 알아챘고, 또 그 일을 도리어 도와주려 한다. 그러니 굳이 사내의 복식을 하며 다른 이들의 눈을 피해야 할 필요가 사라진 건 분명한 사실.

허나 비설은 이 옷을 입게 되므로 인해 자신이 화제의 중심이 될 거라는 걸 알고 있다.

그렇지만…….

비설의 손이 옷에서 떨어지며, 뒤로 묶은 자신의 머리카락 쪽으로 서서히 향했다.

애초에 이 옷을 받는 그 순간 이미 마음은 정하지 않았던가.

자신이 여인으로 돌아감으로써 생각지 못한 일들이 벌어질지 모른다. 그렇지만 비설은 그 모든 걸 감내할 생각이었다.

여인으로 혁련휘의 앞에 서고 싶었으니까.

비설의 손이 뒤로 머리를 고정시킨 끈을 툭 소리와 함께 끊어 버렸다.

그 순간 길고 윤기 있는 머리카락이 찰랑이듯 떨어져 내리며 그녀의 어깨를 뒤덮었다.

머리카락 하나만 풀었을 뿐이거늘 거울 속에 비치는 비설의 모습은 영락없는 여인, 그 자체였다. 그녀는 거울 속에 비치는 자신을 바라보며 탁자 위에 자리하고 있는 옷을 움켜잡았다.

그렇게 비설이 움직이기 시작한 지 약간의 시간이 흘렀을 무렵이었다.

끼이익.

굳게 닫혀 있던 문이 조금씩 열렸고, 바깥에 서서 비설을 기다리고 있던 환야가 불만스러운 목소리로 투덜거렸다.

"벌써 시작했겠네. 뭐 이렇게 늦……."

말을 내뱉던 환야의 목소리가 잦아들기 시작한 것은 열린 문틈으로 한 걸음 내디딘 비설의 발을 보는 순간이었다.

그리고 채 지금 상황을 제대로 파악도 하기 전에 방문 너머에서 비설이 천천히 걸어 나오고 있었다. 그리고 그런 그녀를 확인한 환야의 두 눈동자가 놀랄 정도로 커졌다.

비설이 여인의 복색을 하고 나타난 탓이다.

그것도 주변 모든 걸 무색게 할 정도의 아름다움을 뿜어내는 자태로.

“너…….”

비설의 본모습을 보았던 탓에 예전에 비해서는 충격이 덜하긴 했지만 그래도 익숙해지기 어려운 외모다.

너무나 놀라 잠시 침묵을 하게 만들 정도의 아름다움을 뿜어내는 그녀, 그런 비설에게 시선을 주고 있던 환야가 조심스레 물었다.

“대장도…… 아셔?”

“네, 이 옷 형님이 사 주셨거든요.”

고개를 끄덕이며 대답하는 비설의 모습을 보며 환야는 얼마 전의 일을 기억해 냈다.

갑자기 포목점에 들렀었던 바로 그 일이 말이다. 어쩐 일로 포목점에 들렀나 했거늘…… 이제는 알 것 같다.

모든 걸 알게 된 환야가 픽 하고 웃음을 흘렸다.

그 목석 같은 사내가 옷을 선물했다는 사실이 재미있는 탓이다.

누가 보면 별거 아닐지도 모르는 선물, 허나 혁련휘의 성격을 잘 알기에 저 옷 하나 고르는 데 얼마나 많은 고민을 했는지 보지 않아도 알 것만 같았다.

'그 성격에 보통 일은 아니었을 텐데 말이야.'

웃고 있던 환야는 이내 아직도 위에 멀뚱멀뚱 자리하고 있는 비설에게 시선을 건넸다.

그녀는 지금 옷차림이 다소 어색한지 엉거주춤한 자세로 서 있었다.

그런 그녀를 향해 환야가 밝은 얼굴로 말을 걸었다.

"뭐하고 있어. 빨리 가자고."

환야가 그녀를 향해 손짓을 하며 다시금 말을 이어 나갔다.

"대장이 네가 오길 목이 빠져라 기다리고 있을 테니까."

그런 환야의 말에 비설이 입가에 슬며시 미소를 머금은 채로 고개를 끄덕였다.

여인의 모습으로 돌아온 비설과 동행한 채로 환야는 빠르게 연회장을 향해 나아갔다.

그리 멀지 않은 연회장까지 가는 그 시간. 그런데 그 시간이 환야에겐 억겁과도 같이 길게 느껴지고 있었다.

그 이유는 바로 비설 때문이다.

여인의 모습으로 돌아온 비설을 향해 모든 사람들의 시선이 쏟아진 탓이다.

연회장으로 가는 내내 만나게 된 모든 이들이 놀란 눈으로 비설을 힐끔거리거나, 심지어 일부는 돌이라도 된 것처럼 제자리에 서서 그녀를 멍하니 바라만 보고 있었다.

그런 주변의 따가운 시선들을 계속해서 받으며 걷고 있자니 그리 멀지 않은 연회장까지 향하는 그 길이 너무도 길게 느껴지고 있었다.

"죽립이라도 씌우고 데리고 올 걸 그랬나."

환야가 볼멘소리로 투덜거렸다.

그렇게 따가운 시선을 받아 가며 연회장의 입구까지 힘겹게 도착한 환야가 이내 뒤편에 있는 비설을 힐끔 바라봤다.

그녀는 긴장이 되는지 살짝 붉어진 얼굴로 바짝 긴장해 있었다. 그런 비설의 어깨를 툭툭 치며 환야가 씩 웃어 보였다.

"뭘 이렇게 긴장해. 천하의 비설이. 말도 안 되는 적들과 단신으로 싸워 대던 너잖아."

"그러게요. 사실…… 그때보다 지금이 열 곱절 이상은

더 긴장되는 것 같아요."

"긴장을 풀 방법 하나 가르쳐 줄까?"

"뭔데요?"

"간단해. 그냥 이 안에 있는 놈들도 다 네 적이다 생각하고 그때처럼 뛰어들어 가 인마."

긴장을 풀어 주려는 환야의 농담이 먹혀서일까?

굳어 있던 비설 또한 옅게 웃음을 흘렸다. 그녀가 웃는 얼굴로 대답했다.

"그게 방법이에요?"

"그럼. 적어도 지금 이 안에는 대장이 있잖아. 그분은…… 절대 널 혼자 두지 않을 테니까."

아무런 편도 없이 홀로 싸워야 했던 혈갑도수대와의 싸움과는 다르다.

그때보다 더 긴장이 된다 해도 이 안에는 혁련휘, 그가 자신을 기다리고 있었다.

혁련휘를 언급하는 순간 비설의 표정이 한결 부드럽게 변했고, 그런 짧은 변화를 놓치지 않은 환야가 몸을 돌려 연회장의 문과 마주했다.

그가 천천히 손을 뻗으며 소리쳤다.

"자, 그럼…… 들어가 보자고!"

환야가 연회장의 문을 벌컥 열어젖혔다.

*　*　*

비설이 연회장의 모든 사람들의 시선을 잡아끄는 그때 그 안에는 당연히 달치와 부의민도 자리하고 있었다.

문이 열리며 모습을 드러낸 비설.

그렇지만 비설이 여인인 걸 모르는 부의민은 곧바로 그녀를 알아보지 못했다.

침묵에 감싸인 연회장 내부에서 한 걸음 한 걸음 내딛는 비설을 바라보던 부의민이 입에 넣은 음식을 채 넘기지도 못한 채로 우물거렸다.

"……누구야 저건?"

부의민은 갑자기 나타나 모두의 눈을 사로잡아 버린 압도적인 미모를 자랑하는 여인의 모습에 놀란 표정을 지어 보였다.

처음엔 단순히 놀랐다.

그런데…… 조금 더 바라보고 있자니 무엇인가가 이상했다.

여인의 뒤편에 있는 환야의 모습도 그러했고, 분명 이토록 아름다운 누군가를 본 적이 없거늘 이상할 정도로 낯이 익다는 거다.

'저런 미녀를 내가 기억하지 못할 리가 없는데…….'

이상하다는 듯 속으로 중얼거리고 있을 때였다.

옆에서 음식을 크게 집어 먹고 있던 달치가 그런 부의민에게 말했다.

"부의민 멍청하다."

갑작스러운 멍청하다는 말에 부의민이 눈초리를 올린 채로 달치를 쏘아붙였다.

"뭐 이 자식아? 누가 누구보고 멍청하다는 거야?"

"부의민 멍청한 거 맞다. 방금 본 사람도 기억 못 한다. 달치는 그래도 어제 일도 기억한다. 부의민 멍청하다."

"대체 무슨 소리를 하는 거야. 방금 전까지 내가 언제 저런 여인을……."

말도 안 된다는 듯 중얼거리던 부의민의 머릿속에 몇몇 사람들이 스쳐 지나갔다.

오늘 종일 보아 왔던 이들. 당연히 그 안에 저런 여인이 자리하지 않았다.

그리고 지금 막 연회장에 들어온 걸 보면 바깥에서 봤다는 이야기가 된다.

밖에서 종일 만나 왔던 이들이라고는 언제나 보는 자신들 패거리가 전부였다.

혁련휘, 환야, 그리고 달치와 마지막으로…….

"……어?"

한 명씩 지워 가던 부의민은 뭔가를 깨달았는지 두 눈을 크게 치켜떴다.

그러고는 자신도 모르게 입 안에 들어 있던 음식을 그대로 씹지도 않고 삼켰다가 곧바로 거친 기침을 토해 냈다.

"켁켁."

그가 붉어진 얼굴로 다급히 고개를 치켜들었다.

부의민은 목을 움켜쥔 채로 당황한 듯이 중얼거렸다.

"비, 비설?"

말도 안 되는 현실, 그렇지만 이내 부의민의 얼굴이 새하얗게 질려 버렸다. 왠지 모르게 낯이 익던 얼굴, 그 얼굴 뒤편에서 언제나 보아 왔던 비설의 모습을 확인한 탓이다.

부의민이 당황하고 있을 그 무렵.

연회장 한쪽에 있던 한 명의 여인 또한 놀란 눈으로 비설을 바라보고 있었다. 그 여인의 정체는 다름 아닌 백리소소였다.

그녀는 비설의 정체를 단번에 알아차린 상황이었다.

'그 사내가…… 여자였어?'

학관에 있을 때부터 혁련휘의 옆에 찰싹 붙어서 같이 다니던 사내.

이상하게 신경에 거슬렸고, 또 사내치고 너무나 곱다 여겼다.

그런데 이제야 알았다.

왜 사내가 그토록 아름다울 수 있었는지를.

사실 백리소소는 오늘 이 자리에 오고 싶지 않았다. 혁련휘를 통해 이미 그가 마음에 둔 상대가 있다는 사실을 안 탓이다.

혁련휘는 자신이 정한 걸 바꾸지 않는 사내.

그걸 잘 알기에 괜한 시간 낭비일 거라는 걸 백리소소는 잘 알았다.

그렇지만 그런 백리소소의 말에도 불구하고 백리세가의 가주는 그녀에게 이번 연회에 반드시 참여하라는 명을 내렸다.

그 탓에 연회에는 참석하긴 했지만 딱히 혁련휘의 눈에 띄기 위해 앞에 나서는 행동 같은 건 하지 않았다.

그렇다 보니 멀찍이 서서 그저 연회가 끝나기만을 기다리던 그녀는 비설의 등장에 적잖이 당황한 상태였다.

허나 그나마 백리소소는 나았다.

그녀를 제외한 나머지 사람들은 갑자기 등장한 비설의 존재를 알아차리지 못해 서로의 눈치를 살필 뿐이었다.

대체 어느 가문의 여식인가?

한눈에 봐도 대공자와 무척이나 잘 어울리는 여인의 갑

작스러운 등장에 수많은 이들이 당황하고 있음은 침묵 속에서도 여실히 드러나고 있었다.

그렇게 모두의 시선을 집중시킨 채로 마주하고 있던 두 사람.

비설의 등장에 분위기가 돌변한 사실을 실감하고 있던 주석인이 서둘러 나섰다.

"대공자님. 이분은 누구신데 갑자기 이곳에……."

"그대가 말하지 않았던가. 오늘 이 자리에서 나와 함께할 여인을 구한다고. 그래서 불렀다. 모두의 앞에서 소개시켜 주려고."

혁련휘의 시선이 주석인을 떠나 다른 이들에게로 향했다.

혁련휘가 옆에 서 있는 비설을 힐끔 쳐다보더니 이내 그녀의 손을 슬며시 잡았다.

혁련휘의 그런 행동에 놀란 비설이 눈을 크게 떴을 때다. 모여 있는 모두에게 들으라는 듯이 그가 크게 말했다.

"이 여인이…… 내가 평생을 함께할 사람이니까."

혁련휘의 그 한마디에 좌중이 술렁였다.

오늘을 위해 만반의 준비를 했던 몇몇 이들은 큰 충격을 받은 듯한 표정으로 주춤거렸고, 일부는 말없이 고개를 끄덕였다.

비설의 외모를 보고 있자니 이곳에 모인 여타의 여인들의 미모가 모두 무색해진다는 생각이 들었기 때문이다.

물론 그중에 가장 큰 충격을 받은 건 주석인과 주여진이었다. 자신들이 오늘 이 자리의 주인공이 될 거라 여겼던 두 사람. 그런 둘의 생각은 아예 빗나가 버렸다.

혁련휘의 눈은 자신들이 아닌 다른 한 명의 여인에게로 향해 있었던 것이다.

허망한 눈동자로 서 있던 주여진은 자신도 모르게 헛웃음이 나왔다.

'저 계집애는 뭐야?'

실로 하늘에서 뚝 떨어졌다는 말로밖에 표현할 수 없었다.

생전 처음 보는 얼굴이다.

그런데 의아한 건 저런 말도 안 되는 미모를 가지고 어떻게 여태까지 소문 하나 나지 않을 수 있었냐는 거다.

마교삼화 중 으뜸이라 불렸던 자신을 한순간에 초라하게 만들어 버리는 외모.

물론 그녀는 자신이 모자라지 않다 애써 우기고 있었지만, 이 연회장에 모인 모두의 시선이 주여진이 아닌 비설에게 향해 있다는 것만으로도 이미 진짜 답은 나와 있는 상황이었다.

단순히 적의를 드러내고 있는 주여진과 달리 주석인은 재빠르게 머리를 굴렸다.

갑작스레 나타난 정체불명의 여인.

지금 당장 필요한 건 이 여인의 정체를 파악하는 것이다.

어느 가문의 여식인지, 또 어느 정도의 세력을 지녔는지를 알아야 한다. 그래야 이후의 일을 대비할 것이기 때문이다.

주석인이 다급히 물었다.

"대공자님, 저의 식견이 짧아 이 여인분이 누구신지 잘 모르겠군요. 어느 가문의 여식인지요?"

"눈썰미가 별로군. 이미 몇 번이고 봐 왔잖아."

"……제가요?"

"그래."

"그럴 리가요. 제 기억에 이런 여인은……."

주석인은 눈살을 찌푸리며 머리를 쥐어짜 내 봤지만 비설의 정체를 알아차릴 수가 없었다.

항상 옆에 붙어 다니던 부의민조차 알지 못했던 그녀의 정체다.

사내라 여겼던 인물이었으니 지금 이곳에서 본모습을 하고 있다 한들 쉽사리 알아차릴 리 만무했다.

결국 주석인이 고개를 저으며 대답했다.

"끄응. 죄송한데 기억이 안 납니다. 혹시나 오해가 있으신 건 아니신지요?"

"오해는 무슨. 나와 환영학관에서 같이 왔던 녀석이야. 며칠 전에도 같이 봐 놓고 모르겠다고?"

"환영……학관이요?"

환영학관이라는 생각지도 못한 말에 주석인은 곧바로 한 명을 떠올릴 수 있었다.

혁련휘와 환영학관에서 같이 온 두 명, 개중에 하나는 부의민이라는 교관이었고 다른 한 명은 같은 학생이었던 비설이라는 사내다.

사내의 복장을 하고 있던 비설의 모습이 지금 여인으로 돌아온 그녀와 순간 겹쳐 보였다.

주석인의 표정이 충격에 휩싸였다.

"사, 사내가 아니었단 말입니까?"

"맞아."

허나 충격은 그게 다가 아니었다.

사내인 줄 알았던 자가 알고 보니 엄청난 절세미녀였다.

분명 놀라운 일이고, 충격받을 수 있는 일이다.

그렇지만 그보다 더욱 큰 문제는 바로…….

"그렇다면 이 여인은…… 정파의 인물이잖습니까?"

"왜? 그게 무슨 문제라도 되나."

"당연히 문제가 되지요. 다른 분도 아니신 마교의 대공자께서 정파의 여자와 혼인이라니요. 이건 절대 있을 수 없는 일입니다."

주석인이 절대 안 된다는 듯 고개를 가로저었다.

그리고 이건 비단 주석인의 생각뿐만이 아니었다. 비설의 정체를 아는 그 순간 이 자리에 모인 대다수의 마교 무인들이 절대 안 된다는 듯이 표정을 구겼다.

차라리 마교의 힘없는 가문의 여식이었다면 별문제가 되지 않았을 것이다.

허나 하필이면 배필이 될 여인이라 데리고 온 당사자가 정파의 인물이라니.

이건 쉬이 넘어갈 문제가 아니었다.

반발하는 주석인의 행동에 혁련휘는 기다렸다는 듯이 말했다.

"지금 그 말 책임질 수 있겠나?"

"책임이라니요? 당연히 안 되는 걸 안 된다……."

"최근의 마교의 정책에 대해서는 그대도 잘 알 터. 각지에 퍼져 있는 정파의 무리들을 흡수하고자 하는 이때에 대공자인 내가 그들의 여인과 혼인하는 건 과연 그들에게 어떤 의미일까?"

"그건……."

"득인가 실인가!"

혁련휘가 버럭 소리치자 주석인 뿐만이 아니라 정파의 여인을 데리고 온 혁련휘의 행동에 불만스러운 표정을 짓고 있던 이들 모두가 움찔하고는 시선을 피했다.

혁련휘가 말하고자 하는 바를 모르는 건 아니다.

그렇지만…… 안다고 해도 이건 쉬이 받아들일 수 없는 문제였다.

그런 그들을 향해 혁련휘가 말을 이었다.

"흩어진 정파와의 융합을 떠들어 대면서 막상 그들의 자손과의 혼인은 반대한다? 과연 이 사실이 흩어져 있는 그들의 귀에 들어간다면 과연 정파의 무인들이 우리가 내민 손을 잡으려 들 거라 여기는가?"

혁련휘는 말하고 있었다.

환영학관이 만들어진 이유가 무엇이던가?

마교로 오지 않기 위해 은거하여 살아가는 정파의 수많은 젊은 무인들을 음지에서 나오게 하기 위해 만들어졌다.

환영학관 뿐만이 아니다. 수많은 부분에 있어 마교는 이제는 힘을 잃은 정파의 무인들을 흡수하려 들었다.

한마디로 마교는 정파의 잔존 세력들을 교로 끌어들여 완전히 하나가 되고자 하고 있는 것이다.

정사대전이 끝난 이후 진행된 계획.

이십여 년이 지난 지금에 이르러서야 그나마 조금씩 진전을 보이는 이런 상황에 마교 대공자가 다른 이도 아닌 정파의 여인과 혼인을 한다면 그들의 입장에서 어떻겠는가?

적이 아닌 같은 편이라는 공동체 의식을 심어 주는 데 분명 큰 도움이 될 것이라는 점을 부각시키며, 혁련휘는 지금 비설이 이 자리에 있는 게 전혀 이상하지 않음을 그들에게 말하고 있었다.

머리로는 이해가 가는 말들.

그렇지만 아무리 그래도 마교의 무인으로서 정파의 여인을 마후로 받아들인다는 건 분명 쉽사리 수긍할 수 없는 문제였다.

침묵하고 있는 무인들 틈에서 주석인이 주먹을 꽉 움켜쥔 채로 입을 열었다.

"대공자님의 깊으신 생각은 알겠습니다. 허나…… 이대로 그냥 유야무야 넘어갈 문제가 아니라는 건 다시 한 번 말씀드리고 싶군요. 저는 이 일을 얼마 후 있을 회의의 안건으로 올리고자 합니다."

"그건 그대의 뜻대로."

혁련휘가 경고를 내뱉듯 말하는 주석인에게 마음대로 하라는 듯이 대꾸했다.

그런 혁련휘의 대답을 들은 주석인이 표정을 잔뜩 구긴

채로 몸을 돌리며 뒤편에 있는 주여진에게 소리쳤다.

"여진아, 가자!"

그 말을 끝으로 주석인은 뒤편에 분한 표정으로 서 있는 주여진을 끌고 곧바로 연회장을 박차고 나갔다.

그렇게 주석인의 뒤를 따라 몇몇 이들이 사라졌지만, 나머지 인원들은 연회장에 남아 자리를 지키고 있었다.

혁련휘가 아직까지 놓지 않은 비설의 손을 잡은 채로 그녀를 자신이 방금 전까지 자리했던 의자 쪽으로 안내했다.

혁련휘가 자리했던 바로 옆에는 크기는 조금 작지만 화려하고 값비싸 보이는 또 다른 의자가 준비되어 있었다.

오늘 마후가 뽑히게 된다면 그 존재를 앉히기 위해 마련된 자리다.

혁련휘가 비설을 데리고 마후의 의자 앞으로 향하자 연회장에 남아 있는 이들의 시선이 자연스레 그쪽으로 쏠렸다.

혁련휘가 의자의 앞으로 비설을 데리고 가고는 말했다.

"앉아. 지금 이 순간부터 이 자리가 너의 자리야."

"……."

혁련휘를 바라보는 비설의 표정은 복잡했다.

하고 싶은 말이 많았는데, 주변에 보는 눈이 너무나 많았다.

비설 또한 주석인이 내뱉은 말을 주워들은 탓에 대충 이곳의 분위기를 짐작할 수 있었다.

정파 소속의 마후라니…… 마교의 무인들이 쉬이 받아들일 수 없을 거라 여겼다. 이런 와중에 굳이 자신을 마후의 자리에 앉혀 분란의 소지를 만들 필요가 있나 생각되기도 했지만 주변의 많은 눈들이 자신들에게 향해 있었다.

혁련휘의 청을 거절한다는 것 자체가 그를 욕보이게 한다 여긴 비설은 결국 조심스레 그 자리에 앉고야 말았다.

마후의 자리에 걸터앉은 비설은 짧게 숨을 내쉬었다.

정파의 희망으로 커 온 자신이 마후의 자리에 앉아 있다는 사실이 참으로 기가 막혔다.

그녀는 자신의 옆에 있는 혁련휘의 옆모습을 슬쩍 훔쳐봤다.

비설은 지금 이 자리가 자신의 자리라 여기지 않았다.

혁련휘가 오늘 이곳 연회장에 자신을 부른 이유는 다른 외척이 설치고 다니는 걸 용납하고 싶지 않아서라 여긴 탓이다.

그랬기에 사내의 복장이 아닌 여인의 모습으로 이곳에 오게 했을 거라 그리 생각했다.

비설이 조심스레 전음을 날렸다.

『형님, 절 이용하셔서 이 기회를 넘어가시는 건 좋은데 아무리 그래도 마후의 자리까지 걸고 이야기하신다면 추후에 이 일이 거짓이라 밝혀지게 될 때 시끄러운 일이 벌어지지 않을까요?』

그녀의 전음이 끝나는 순간이었다.

혁련휘가 슬그머니 입을 열었다.

"착각을 하고 있는 것 같은데."

"착각이라뇨?"

"지금 내가 한 말 농담 아니야. 이 순간을 넘어가려고 거짓말하는 것도 아니고."

"그게 무슨 말씀이세요?"

"네가 말했지? 미안하지만 좋아한다는 그 말 철회할 수는 없을 것 같다고. 나도 마찬가지야. 지금 하는 이 말 절대 철회할 생각 없어."

무덤덤하니 말을 내뱉는 혁련휘의 모습에 비설이 힘겹게 목소리를 쥐어짜며 물었다.

"……왜요?"

듣고 싶었다.

왜 지금 하는 말을 철회할 생각이 없는지를. 혁련휘를 바라보는 비설의 표정이 흔들렸다. 자신 혼자만의 사랑이라 생각했다.

혁련휘는 자신을 그저 동생 같은 존재로 여길 거라 믿었다.

그런데…….

물어 오는 비설을 똑바로 바라보던 혁련휘가 천천히 입을 열었다.

"내가 널 좋아하니까."

그 대답을 듣는 순간 비설은 갑자기 왈칵 눈물이 솟아올랐다. 그녀는 놀란 얼굴로 슬며시 자신의 입을 가렸다.

기쁨과 감동이 동시에 밀려오며 표정이 볼썽사납게 변해 버렸다. 그리고 그때 자신도 모르게 주르륵 눈물 줄기가 볼을 타고 떨어져 내렸다.

투욱.

무릎으로 방울져 떨어져 내리는 눈물.

그렇지만 비설은 눈물이 맺힌 눈을 크게 뜬 채로 혁련휘를 계속해서 바라봤다. 결코 지금 이 눈에서 그를 놓치지 않겠다는 듯이.

그리고 그런 그녀의 옆에 앉은 혁련휘가 비설의 손을 꽉 잡아 내리고는 계속해서 하고자 했던 말을 조심스럽게 끄집어냈다.

"그러니까…… 내 옆에 있어. 이 자리에 앉아서 계속 내 옆에 있어."

혁련휘의 그 말에 비설은 억지로 눈물을 삼키며 크게 고개를 끄덕였다.

스스로 생각해도 너무 좋아서 울고 있는 자신의 모습이 꼴사나울 거라 여겼는지 그녀는 애써 눈물을 삼켰다.

그녀가 힘차게 대답했다.

"……네, 계속 이 자리에 있을게요. 이 자리 절대 누구한테도 양보 안 할게요, 형님."

비설의 대답이 떨어지는 순간이었다.

기다렸다는 듯이 혁련휘의 손이 비설의 뒷머리를 부드럽게 감싸 안았다. 그러고는 그녀가 채 뭐라 반응을 하기도 전에 자신 쪽으로 강하게 머리를 잡아당겼다.

혁련휘가 몸을 살짝 일으키며 비설의 얼굴 쪽으로 자신의 몸을 들이밀었다.

그러자,

"어어?"

두 사람을 바라보고 있던 수많은 이들의 비명 소리.

그리고 동시에 비설이 숨을 들이마셨다.

뜨거운 입술이 그녀의 입술에 와 닿았다. 혁련휘의 숨결을 느끼며 비설은 자신도 모르게 서서히 눈을 감았다.

둘의 입맞춤하는 그 순간을 많은 마교의 사람들이 바라보고 있었다.

마치 이 자리의 증인이 되어 주기라도 하는 것처럼.

그렇게 두 사람은 모두의 앞에서 첫 입맞춤을 나누며 공식적인 연인임을 주변의 모든 이들에게 선포하고 있었다.

그리고 그런 둘을 멀리에서 바라보던 환야가 콧등을 스윽 훑으며 대견하다는 듯이 중얼거렸다.

"몰랐는데…… 우리 대장 완전 남자네."

6장. 암중 모략

— 확정된 건 없소

마교가 발칵 뒤집혔다.

대공자 혁련휘에게 여인이 있다는 것만으로도 충분히 화젯거리가 될 만한 일이거늘, 심지어 그 상대가 정파의 무인이라는 건 분명 엄청난 사건이었다.

말도 안 된다고 여기는 이들이 적지 않았지만 그럼에도 불구하고 대놓고 이번 일로 큰 소리를 내는 이는 생각보다 많진 않았다.

그 이유는 연회장에서 혁련휘가 말했던 이유 때문이기도 했다.

마교는 오랫동안 정파의 무인들을 흡수하기 위해 갖은

회유책을 내놓았다.

그러던 것이 오랜 시간이 흐른 지금에 와서야 조금씩 그 효과를 조금씩 보기 시작한 상황이긴 하지만 아직 그 성과가 미미한 건 분명 사실이다.

그런 상황에서 마교의 다음 교주로 손꼽히는 대공자가 정파의 여인과 혼인을 한다는 건 분명 내외적으로 정파인들의 생각에 큰 변화를 가져다줄 수 있는 계기가 될 수 있었던 탓이다.

그 말은 곧 마교의 회유책에도 불구하고 아직까지도 등을 돌리고 있던 이들의 마음을 움직일 사건이 될 수도 있다는 말이었다.

정사를 가리지 않고 능력에 따라 인재를 기용하겠다고 주장하던 마교의 정책 자체가 빛 좋은 개살구만이 아님을 말해 주는 일례로 보일 수 있었으니까.

그 때문에 내켜 하진 않지만, 이 또한 겪어야 할 순리가 아니냐며 혁련휘의 의견이 그리 나쁘지 않은 것 같다 여기는 내부의 분위기 또한 적지 않은 상황이었다.

허나 주석인이 말한 대로 이 일은 그저 혁련휘 개인의 판단만으로 넘어갈 정도로 간단한 일이 아님은 분명했다.

결국 이 일은 곧 있을 회의의 중대 안건으로 올라가기까지 했으니, 이후의 일들은 그 일이 끝나고 나서야 어느 정도 윤곽이 드러나게 될 상황이었다.

나름의 조치를 취하긴 했으나 연회장에서 제대로 물을 먹은 주석인은 무척이나 화가 난 모양새였다.

자신의 거처에서 밤늦게까지 홀로 서성이던 그가 거칠게 욕설을 내뱉었다.

"망할! 우리 가문을 무시하고 정파의 계집과 혼인을 하겠다니 이래서 배워 먹지 못한 놈이란."

이해가 안 간다는 듯 주석인은 혁련휘에 대한 모욕을 쏟아 냈다.

세상 물정 하나 모르는 풋내기가 아니고서야 어찌 이런 선택을 한단 말인가. 자신의 가문을 등에 업음으로써 얻을 수 있는 그 수많은 이득들을 고작 아무것도 없는 정파의 여인 하나 때문에 모두 버리겠다는 소리다.

혁련휘의 그런 선택을 주석인으로서는 결단코 이해할 수가 없었다.

그렇게 한참을 방 안을 왔다 갔다 하며 안절부절못하고 있던 그때 주석인의 거처로 손님 한 명이 찾아왔다. 그 손님의 정체는 다름 아닌 우치였다.

변발의 뚱뚱한 사내인 우치가 문을 지나 힘겹게 안으로 걸어 들어오고 있었다.

갑작스레 나타난 그는 무척이나 흥분한 듯 표정이 달궈

져 있었다.

뒤뚱거리며 들어오는 우치의 모습을 발견한 주석인이 급히 그에게 다가갔다.

약속되지 않은 방문이었다.

"우 대협, 이 늦은 밤에 어쩐 일이시오?"

"혼인이 틀어졌다 들었는데 맞소?"

"그, 그것이……."

"맞냐고 물었소!"

"……그렇소이다."

"그럼 이 말도 사실이오? 대공자가 혼인을 하겠다고 데리고 왔던 비설이라는 자가 사실은 계집이었다는 게 진짜요?"

우치가 이토록 흥분한 이유는 바로 그 때문이었다.

혁련휘와 혼인을 하는 계획을 짠 건 다름 아닌 바로 이들이었다.

이들은 혼인을 통해 혁련휘를 자신들의 손아귀에 넣으려 했다.

추후 있을 거사를 보다 쉽게 진행하기 위해서다.

만약 혁련휘가 주석인이 내놓은 여인과 혼인하게 됐다면 마교의 많은 부분의 실권은 주석인의 손에 들어왔을 것이다.

그걸 통해 적은 피를 흘리며 마교를 손에 넣는 게 이들의 목적이었다.

이들의 판단에서도 혁련휘는 결국 가장 큰 힘을 지닌 주석인의 손을 잡을 거라 여겼다.

헌데 아니었다.

혁련휘는 전혀 예상치 못한 여인을 그 연회장에 데리고 왔다는 사실을 전해 들었다.

하물며 그게…… 비설이라니.

비설에게 큰 원한이 있는 우치는 그자가 사내가 아니라는 사실에 적잖이 충격을 받았다.

우치의 질문에 주석인이 고개를 끄덕였다.

"맞소. 사내가 아닌 여인이었소이다."

"젠장! 그 망할 자식은 사사건건 방해로군."

비설이라는 존재는 실로 자신들에게 입 안의 가시와 다름없었다.

만약 그녀가 없었다면?

환야와 달치는 이미 자신의 손에 죽었을 것이다. 그렇게 됐다면 대공자는 양 날개가 꺾인 것과 다름없었고, 그랬다면 지금처럼 큰 세력을 모으는 건 불가능에 가까웠을 것이다.

어디 그뿐이랴.

가짜 소교주 사건을 뒤집어엎은 것도 비설이다.

그녀는 홀로 천주로 향했고, 그곳에서 혈갑도수대 전원을 단신으로 쓸어버렸다. 그로 인해 가짜 소교주의 인피면구도 벗겨져 버렸고, 서역 진출의 계획 또한 송두리째 무너지고야 말았다.

그것만으로도 이미 뼈를 갈아 마셔 버리고 싶을 정도의 원한이 있거늘 이번 혼인 계획까지 완전히 망쳐 버렸다.

혁련휘에게 여인이 있을 거라는 건 자신들도 예상치 못했다.

당연하다.

그는 어떤 여인도 가까이 두지 않았고, 누구와 만나는 것조차 드러난 적이 없었으니까. 그런데 설마 항상 옆에 두고 있던 그 비설이라는 자가 여인일 거라 누가 상상이라도 했겠는가.

씩씩거리던 우치는 방 한편에 위치해 있는 의자에 걸터앉았다.

큰 의자였거늘 우치가 자리하자 그건 마치 어린아이나 앉을 법하게 작게 느껴졌다.

우치는 손에 들고 있던 섭선으로 탁자를 강하게 내려쳤다.

타악!

방 안을 울리는 소리에 주석인은 움찔했다.

우치가 자그마한 눈을 평소보다 더욱 가늘게 뜬 채로 주석인에게 말을 걸었다.

"그나저나 주 가주. 최근 들어 연락이 좀 뜸하던데, 혹여나 다른 생각을 가진 거 아니오?"

"다, 다른 생각이라니요. 그게 무슨 소리요."

"글쎄."

우치가 섭선을 세우고는 그 끝으로 탁자를 탁탁 쳐 댔다.

그러고는 이내 비웃음을 흘리며 말을 이었다.

"이번 혼인 계획이 성공했다면 등을 돌리려던 거 아니오?"

"그 무슨 말도 안 되는 소리요."

주석인이 그럴 일 없다는 듯 황급히 대꾸했다.

그렇지만 말을 하는 그는 내심 속으로 뜨끔한 상황이었다.

혁련휘와의 혼인만 성공했다면 그로서도 굳이 이들과 손을 잡고 계획을 도모해야 할 이유가 없었던 게 사실이었으니까.

그리고 실제로 주석인은 그 일을 가지고 고민을 하기도 했다.

굳이 위험한 무리들과 계속해서 일을 도모하기보다는 차

라리 혼인이라는 안정적인 일을 계기로 자신들의 가문이 마교를 집어삼키는 게 더 낫다 여긴 탓이다.

그렇게 가운데에서 줄타기를 하고 있던 자신의 속내가 들통 나자 주석인은 당황스러웠지만 최대한 태연스레 행동했다.

혼인을 성공한 것도 아닌 지금, 이들과의 손을 놓을 수는 없었다.

시치미를 뚝 떼는 주석인을 의미심장한 눈으로 바라보던 우치가 경고를 내뱉었다.

“잊지 마시오, 주 가주. 그 날 천 가주가 내뱉지 못한 마지막 말이 뭔지 우리는 알고 있다는걸.”

묵룡천가의 가주 천위극이 자신들의 손에 죽게 되면서 하지 못했던 마지막 말.

그건 바로 동생 혁리원의 죽음에 직접적으로 연관된 자가 누구인지에 대해서였다. 그리고 그는 그 말을 채 내뱉기 전에 얇은 실로 된 반룡수사로 인해 목이 잘리고야 말았다.

그런 천위극이 죽기 직전 하려던 그 말의 주인공.

그건 바로 주석인이었다.

주석인이 이들과 연합하여 혁리원의 숨이 끊어지는 데 가장 결정적인 역할을 했던 것이다.

그 사실을 언급하자 주석인의 얼굴이 저절로 딱딱하게

굳었다.

그가 다소 노한 표정으로 말했다.

"지금 날 협박하는 거요?"

그런 주석인을 향해 우치가 여유 있게 대꾸했다.

"주 가주가 어찌 생각하고 있었느냐에 따라 다르지 않겠소? 만약 우리의 뒤통수를 칠 생각이 조금이라도 있었다면 뭐 협박으로도 들릴 수 있겠소만."

"……."

뿌드득.

조용히 이를 갈며 주석인은 애써 웃음을 지어 보였다. 이미 이들과 너무 깊은 곳까지 함께해 버렸다. 지금 와서 등을 돌리기엔 이들이 알고 있는 비밀이 너무 많았다.

주석인이 서둘러 화제를 돌렸다.

"자자, 그런 이상한 소리 말고 앞으로의 이야기나 나눕시다. 이제 내가 앞으로 어찌해야 하오?"

"하고 싶은 대로 하시면 될 거요. 대공자의 혼인이 말도 안 된다며 최대한 내부를 시끄럽게 만들고, 가능하면 그자의 위신도 최대한 떨어트리시오. 그가 힘을 잃으면 잃을수록 우리가 편해질 테니까."

"그리하겠소. 그런데…… 대체 거사는 언제쯤 이루어지는 거요?"

주석인의 질문.

이미 새외에서부터 거사의 첫걸음이 시작될 예정이었지만…… 우치가 씩 웃으며 대답했다.

“아직은 확정된 건 아무것도 없소.”

그저 이용하고 버릴 패에게 그런 진실을 말해 줄 이유는 없었으니까.

*　　*　　*

막 찾아드는 이른 아침.

햇살이 창가에 어른거릴 무렵 깊은 잠에 빠져 있던 비설이 꿈틀했다.

자신을 향한 시선을 느낀 그녀가 슬며시 감고 있던 눈을 치켜떴다.

그리고 눈을 뜨는 비설의 시선에 반대편 침상에 자리하고 있는 혁련휘의 모습이 보였다. 그는 침상에 걸터앉은 채로 비설을 바라보고 있었다.

막 눈을 뜬 비설을 향해 혁련휘가 말을 걸었다.

“깼어?”

혁련휘의 뚫어질 것 같은 시선이 부끄러웠는지 비설이 슬며시 이불을 턱 밑까지 끌어 올리며 중얼거리듯이 말했다.

"……형님. 뭘 그렇게 빤히 보고 계세요."

"그냥 내가 선택한 사람이 어떤 잠버릇을 가졌나 궁금해서."

"에이, 제가 자는 거 한두 번 보신 것도 아니시면서요."

거의 일 년 가까이 한방을 쓰며 지내 온 두 사람이다. 이미 봐도 수십 번은 넘게 봤을 그런 모습을 왜 굳이 보냐는 비설의 질문에 혁련휘가 담담하니 대답했다.

"어제까지와는 다르니까."

혁련휘의 그 한마디에 비설은 어제 있었던 일들을 실감할 수 있었다. 돌아오지 않을 거라 여겼던 자신의 마음이 보답을 받은 날.

그리고 자연스레 어제를 떠올리자 입맞춤을 했던 것이 기억나는지 비설의 얼굴이 빨갛게 달아올랐다.

그녀가 괜스레 벽 쪽으로 몸을 돌리며 말했다.

"전 잠시만 더 자다가 일어날게요."

"그래, 좀 더 쉬다가 나오든지 해. 식사 시간 되면 부르도록 하지."

말을 마친 혁련휘가 침상에서 일어나 바깥으로 걸어 나갔다. 그렇게 비설 혼자 남겨 둔 채로 나온 혁련휘의 눈에 환야와 부의민이 들어왔다.

부의민은 자리에 앉은 채로 멍하니 앞만 응시하고 있다가 기척을 느꼈는지 황급히 고개를 돌렸다. 그러고는 이내 혁련휘 혼자 걸어 나오는 걸 보고는 자신도 모르게 안도의 한숨을 내쉬었다.

사실 부의민은 어제 받은 충격에 아직까지도 정신을 차리기 힘들 정도였다.

'그 녀석이 여자였다니…….'

매일 투덕거리던 비설이 여인이었다는 걸 알게 되자 부의민은 적잖이 놀란 상황이었다.

그리고 여태까지 그런 여인을 몰라본 자신의 눈을 의심해야만 했다.

순간 비설의 옆에서 기루에 가자고 노래를 불러 대던 자신의 모습도 덩달아 떠올랐다.

그 기억이 떠오르자 부의민은 자신의 머리를 움켜잡았다.

"으으!"

괴롭다는 듯이 바동거리는 부의민을 본 혁련휘가 턱으로 슬쩍 그를 가리키며 물었다.

"상태 왜 저래?"

"비설 때문에 꽤나 놀랐나 봅니다. 어제부터 저러던데요."

두 사람의 대화를 들었는지 앉아 있던 부의민이 벌떡 일어나 다가왔다.

"야, 이게 그럼 안 놀랄 일이냐?"

"별로."

환야가 어깨를 으쓱하며 대답하자 부의민이 억울하다는 듯이 말했다.

"넌 미리 알고 있었다 이거지? 대공자도 이미 알았던 것 같고. 어제 이야기해 보니 달치도 알고 있었던 것 같은데…… 맞아?"

부의민의 질문에 환야가 고개를 끄덕였다.

그러자 부의민이 억울하다는 듯이 자신을 가리키며 물었다.

"뭐야. 그럼 나만 몰랐다는 거잖아."

"그렇지?"

"그럼 기루 가자는 소리 같은 거 할 때 말렸어야지!"

"말렸잖아. 말려도 눈치 없이 계속 말해 대던 게 누구였는데."

그토록 말려도 계속해서 말해 대는 통에 오히려 식은땀을 흘려 댔던 환야가 어처구니없다는 듯 받아쳤다.

그런 환야의 대답에도 부의민은 억울하다는 듯이 중얼거렸다.

"치사한 자식들. 또 나만 몰랐네, 나만 몰랐어. 이거 또 뭣들 숨기는 거 있는 거 아냐?"

"그럴지도 모르지."

의심스럽다는 듯이 바라보는 부의민을 보며 환야가 장난스러운 표정을 지어 보이며 말을 끌었다.

그런데 환야의 대답을 듣는 순간 부의민은 이해할 수 없는 행동을 벌였다.

손을 뻗은 그가 환야의 가슴 부분을 더듬거린 것이다. 갑작스러운 부의민의 행동에 환야가 당황한 듯 손을 쳐 내고는 사색이 돼서 물었다.

"뭐하는 거야 징그럽게?"

"아니, 그냥 너도 좀 곱상하게 생긴 게 여자가 아닌가 의심스러워서. 그런데 만져 보니까 아니네."

"……이 미친 자식이!"

버럭 소리치는 환야를 뒤로한 채로 부의민이 재빠르게 도망쳤다.

* * *

"……이거 눈치가 장난이 아닌데요."

객잔에서 부의민과 달치와 함께 식사를 하고 있던 비설

은 자신에게 쏟아지는 시선을 견디기 버거웠는지 작게 중얼거렸다.

이미 마교 내부에 자신이 혁련휘의 여인이라는 소문이 날대로 나 버린 상황, 여태까지의 무관심했던 시선과는 전혀 다른 눈빛들이 그녀에게 쏟아지고 있었다.

여인의 모습을 한 채로 자리하고 있는 비설이 아직도 적응이 안 되는지, 부의민은 식사를 하는 것도 잊은 채 한참 동안 그녀를 바라보고 있었다.

그런 그의 시선을 느낀 비설이 고개를 돌려 부의민을 바라봤다.

"아저씨, 식사 안 해요?"

"……해야지."

아저씨라는 말을 들으니 이제야 이 여인이 누구인지 다시금 실감이 나는 부의민이었다. 그렇지만 이 현실이 쉬이 인정하기 어려웠는지 젓가락으로 음식을 쿡쿡 찔러 대며 중얼거렸다.

"썩은 동태눈도 아니고 어떻게 그렇게 매일 보고도 여자인 줄 몰랐는지 원. 그리고 하나같이 나만 속이고 말이야."

"에이, 기분 푸세요."

투덜거리는 부의민을 향해 비설이 웃는 얼굴로 말을 걸었다.

그런 그녀의 모습에 부의민은 절로 픽 웃음이 흘러나왔다.

사내가 아닌 여인이라는 건 알았지만 특유의 살가운 말투는 여전히 정겹기 그지없다.

"오냐. 근데 더 속이는 건 없지? 혹시 쌍둥이 남동생이 있다거나 뭐 이런 거."

"제가 아는 한도 내에서는 쌍둥이 남동생은 없을걸요."

"그래? 하아, 그럼 정말 네가 내가 알던 비설이 확실하긴 하겠네."

혹시나 하며 물었던 질문도 아니라는 말을 들으니 더는 의심할 여지도 없었다.

이제는 이 충격적인 일을 그저 순순히 받아들이는 것만 남은 모양이다.

자신의 앞에 놓인 음식을 몇 개 집어 먹던 부의민이 이내 물었다.

"그런데 대공자랑 환야 둘은 어디 간 거야? 아까 부산스럽게 어디 가던데."

"두 분이 움직이셨으니…… 아마도 거기 가셨겠죠?"

정확하게 언급한 건 아니었지만 부의민은 비설이 말하는 거기가 어디인지 단번에 알아차렸다. 비파월이 분명하다.

입에 함부로 올려서는 안 될 말이었기에 부의민은 그저

고개만 끄덕였다.

이내 부의민이 짓궂게 물어 왔다.

"그런데…… 언제부터 둘이 그런 사이가 된 거야?"

"하, 하하. 글쎄요."

"괜찮아, 나만 알고 있을 테니 몰래 말 좀 해 봐. 내가 궁금해서 그래. 혹시 학관에서부터였어? 아니면 여기 온 이후부터?"

눈을 빛내며 물어 오는 부의민을 보며 비설은 절로 이 사내의 성격을 다시금 상기할 수밖에 없었다. 분명 자신이 속내를 드러낸다면 그걸 가지고 두고두고 놀려 먹을 사내다.

비설이 억지로 고개를 돌려 갑자기 달치에게 말을 걸었다.

"달치 아저씨. 이것도 좀 드셔 보세요."

자신 앞에 있는 접시를 밀어 주며 비설이 말을 돌렸고, 뭣도 모르는 달치는 그저 좋다는 듯 웃었다.

"비설 착하다. 여자 되더니 더 착해졌다."

"흠흠."

여자가 돼서 더 착해졌다는 달치의 말에 비설이 당황한 듯 헛기침을 해 댔다.

그렇게 세 사람이 객잔에서 식사를 하고 있는 그 무렵 혁련휘는 환야와 함께 비파월의 비밀 지부에 들어서고 있었다.

안으로 들어선 둘은 곧바로 서평이 있는 곳으로 향했다.

서평은 익숙하게 두 사람을 맞았다.

"오셨습니까?"

"연락을 받고 급히 왔어. 천 가주를 죽였던 반룡수사라는 실의 출처를 찾아냈다고?"

다급히 물어 오는 혁련휘의 모습은 이번 일에 대한 그의 관심이 얼마나 큰지를 말해 주는 듯했다.

혁련휘의 질문에 서평 또한 곧바로 고개를 끄덕였다.

"예, 운이 좋게 실마리를 찾아서 결국 반룡수사를 만든 자가 누구인지 알아냈습니다."

"누구지?"

"천잠술사(千蠶術師) 규화라는 잡니다."

"규화?"

이름을 듣는 순간 혁련휘는 미간을 찡그렸다.

분명 언젠가 들어 본 기억이 나는데, 그 대상이 떠오르지 않는다. 그런 혁련휘의 고민을 덜어 주기라도 하겠다는 듯이 서평이 곧바로 말을 받았다.

"오래전에 마교에 있었던 자입니다. 아마 대공자님도 어릴 적에 몇 번 보셨거나 이름 정도 들어 보셨을 겁니다."

"……그래, 기억나는군. 그자가 바로 천잠술사 규화라

불렀었지."

혁련휘는 뇌리에 남아 있던 짧은 기억들을 꺼내어 냈다.

그런데 오히려 그 기억들이 떠오르자 지금 이 반룡수사라는 실을 만들어 낸 것이 과연 그자일까 하는 의문이 샘솟았다.

천잠술사 규화, 그는 무인이 아닌 옷을 만드는 재단사였던 탓이다.

혁련휘가 물었다.

"규화는 재단사였다. 그런데 그가 사람을 죽이는 암기를 만들어 냈다고?"

"네, 놀랍게도 그렇더군요."

천잠술사 규화는 마교의 고위층들의 옷을 만드는 자였다.

당연히 교주인 혁무조를 비롯한 적지 않은 이들이 그에게서 옷을 받곤 했다.

그만큼 뛰어난 실력을 지녔지만, 무인과 거리가 먼 재단사라는 직업을 지닌 탓에 혁련휘 또한 바로 기억해내지 못했던 것이다.

어릴 적에 두어 번 만나 봤던 자.

그때의 그는 무척이나 서글서글한 사내였다.

혁련휘가 고개를 작게 저으며 중얼거렸다.

"이해가 안 가는군. 대체 그가 왜 그런 암기를……."

천 개가 넘는 다양한 실로 수많은 옷을 만들어 내는 재단사로 명망 높았던 그가 암기라니…….

도저히 납득이 가지 않는다는 듯이 서 있던 혁련휘. 그를 바라보던 서평이 망설이다가 결국 조심스레 이야기를 꺼냈다.

"대공자님, 말씀 하나 올려도…… 괜찮겠습니까?"

"뭐지?"

뭔가 의미심장한 말투로 이야기를 꺼내는 서평의 모습에 혁련휘가 물었다.

허락이 떨어지자 서평이 자신의 뒷머리를 긁적이며 말을 이어 나갔다.

"규화라는 자를 조사하면서 조금 수상한 부분이 발견돼서 말입니다. 물론 이것만으로 단정 짓기는 조금 그런데…… 오래 이 일을 하다 보니 나름 감이라는 게 있어서요."

말로는 단정 짓기 그렇다는 식으로 말하고 있었지만 이야기를 이어가면 갈수록 그의 목소리는 확신에 차고 있었다.

그런 서평이 이내 자신이 알아 온 놀라운 사실을 하나 이야기했다.

"정말 우연일 수도 있습니다만 마교의 고위층들 중 돌연사를 한 이들 대다수가 그가 만든 옷을 즐겨 입었습니다."

"……뭐?"

"규화는 워낙 뛰어난 재단사였고, 당연히 그를 찾는 이들도 많았지요. 많은 이들이 그의 옷을 입었으니 어쩌면 그저 우연히 생긴 일이라 생각하고 넘길 수도 있겠지만…… 그 우연으로 수십 명의 고수들이 죽었습니다."

서평의 말이 이어질수록 혁련휘의 표정은 굳어졌다. 그의 말대로 정말 우연일 수도 있다. 그렇지만 서평과 마찬가지로 혁련휘 또한 이 일이 우연이 아닐 거라는 느낌이 밀려들었다.

혁련휘가 침착하게 물었다.

"그럼 서평 네 말은 그자가 자신이 만든 옷에 독을 사용하거나, 아니면 또 다른 무슨 수를 써서 사람을 죽였다 이건가?"

"예, 조심스럽지만 제 의견은 그렇습니다."

서평의 말을 들은 혁련휘는 고개를 끄덕였다.

비파월이 알아 온 이 이야기가 정말 우연이 아닌 규화의 계획으로 벌어진 일이라면, 그가 반룡수사라는 암기를 만들어 낸 것이 전혀 이상하지 않다.

오히려 애초부터 사람을 죽이는 옷을 만들어 내던 자니

이 모든 것들이 납득이 간다.

그렇지만 대체 왜?

서평이 말한 것처럼 그가 정말로 그 많은 마교의 고위층들을 비밀리에 죽인 게 사실이라면 그 이유를 알 수가 없었다.

더군다나 고위층이라면 무공 실력들 또한 보통은 아닐 터. 웬만한 독으로는 그들의 목숨을 빼앗아 가지 못했을 것이다.

그런 상황에서 정체도 들키지 않고 그들을 죽였다는 건 그만큼 알아차리기 힘들 정도의 극소량의 독을 오랜 시간 몸 안에 주입시켰다는 것이다.

항상 몸에 닿는 옷이라는 매개체를 이용해서.

그랬기에 더 의아했다.

그렇게 오랜 시간을 들여서까지 마교의 고위층들을 죽여서 과연 규화라는 재단사가 얻을 수 있는 게 무엇이란 말인가.

그저 단순히 사람 죽이는 걸 즐기던 미치광이가 아니고서야 그가 얻을 이득이 무엇인지 알아차리기 어려웠다.

그렇게 가만히 서서 곰곰이 고민에 빠져 있던 혁련휘가 이내 눈을 크게 치켜뜨며 고개를 들었다.

번개처럼 뇌리를 스치고 가는 하나의 가정.

"설마……?"

"왜 그러십니까, 대장."

옆에 있던 환야가 조급히 물었고, 그런 그에게 시선조차 주지 않은 채 혁련휘는 빠르게 말을 내뱉었다.

"방금 서평 네 말을 듣고도 난 두 개의 사건을 별개로 생각했다. 그저 그런 성정을 지닌 자였기에 반룡수사 같은 사람을 죽이는 치명적인 암기를 만들어 낸 것인가 정도만 생각했지."

말을 내뱉던 혁련휘는 잠시 숨을 고르며 스스로의 생각을 정리했다.

그리고 이내 그 생각이 확신으로 바뀌었고, 자신이 내린 가정을 천천히 꺼냈다.

"그런데 만약 두 개의 사건이 연결이 되어 있다면? 애초에 규화가 내가 찾던 바로 그놈들하고 연결이 되어 있었던 거야."

혁련휘의 말에 서평이 절대 그럴 일 없다는 듯 손을 저으며 대꾸했다.

"규화는 사라진 지 꽤나 오래됐습니다. 규화가 옷으로 사람을 죽이던 것은 거의 십여 년 정도 더 전의 이야기입니다. 그리고 대공자님이 찾던 그들이 나타난 건 기껏해야 이삼 년 정도밖에 안 될 겁니다. 시기상으로 맞지 않습니다."

서평은 말하고 있었다. 십 년이 더 넘은 이야기라고. 그때 벌어진 일이 지금 벌어진 일과 연관은 없다고 말이다.

그렇지만 혁련휘의 생각은 달랐다.

만약에 그자들이 그 십 년도 더 넘는 오래전부터 마교를 노려 왔다면……?

그 무렵 있었던 규화의 수많은 비밀스러운 암살은 지금을 위한 초석이었다면? 이 모든 것이 마교 정복을 위한 계획의 일부였다면 어떨까?

혁련휘는 입술을 깨물었다.

그토록 오랜 시간을 들여 마교의 정복을 꾀했단 말인가?

생각이 거기까지 미치자 혁련휘가 옆에 서 있는 환야에게 다급히 소리쳤다.

"환야! 네 누이라는 자가 자하도에서 사라진 게 언제라 했지?"

"제가 스무 살이 되기 전이었으니 얼추 십 몇 년 정도 된 것 같은데요."

환야의 이야기를 듣자 혁련휘는 자신의 생각이 틀리지 않음을 직감했다.

시간이 맞는다.

자하도에서 사라진 자들의 시간과, 규화가 활동하던 그때가. 동시에 떠오른 하나의 사건에 대한 진실.

그건 바로 혁무조와 관련된 것이었다.

그는 일전에 혁련휘에게 말했었다. 자신이 지금 찾고 있는 그 무리의 수장과 싸워 본 적이 있었다고. 과연 그게 언제일까?

의문이 들었지만 지금 당장 중요한 건 그게 아니었다.

"규화 그놈, 어디 있는지 찾을 수 있겠어?"

"찾아는 보겠습니다. 그렇지만 오랜 시간 모습을 드러내지 않은 자라 쉽지는 않을 것 같습니다."

"반드시 찾아야 해. 그놈은 그들과 오래전부터 깊은 연이 닿아 있는 게 분명하니까."

"혹시…… 그 오래전부터 그들이 활동했을 거라 예상하시는 겁니까?"

혁련휘는 고개를 끄덕였다.

자신의 상상보다 더 오래전부터 그들이 활동했을 거라 예전부터 직감했다.

그렇지만 그 시기는 자신이 생각해 왔던 수준을 훨씬 넘어설지도 모르겠다.

생각을 정리한 혁련휘가 빠르게 말했다.

"규화 그자에 대한 단서 나오면 곧바로 연락 부탁하지."

"알겠습니다, 대공자님."

대화를 끝마친 혁련휘가 막 몸을 돌리려 할 때였다. 서평이 퍼뜩 뭔가가 생각난 듯 다급히 소리치며 그의 발걸음을 붙잡았다.

"아 참, 규화 그자가 만든 옷을 가장 즐겨 입으신 분이 한 분 살아 계십니다."

"누구지?"

그게 누구냐고 물어 오는 혁련휘의 질문에 잠시 머뭇거리던 서평이 이내 그의 질문에 답했다.

"……교주님이십니다."

7장. 왕좌(王座)

— 받아 갈 게 있소

혁무조가 기거하고 있는 교주전.

창을 가리고 있는 새카만 천으로 인해 빛 한 점 들지 않는 어두운 그의 처소에는 언제나 이상할 정도의 한기가 감돌았다.

고급스러운 붉은 천에 감싸인 침상에 몸을 뉘인 채로 오늘도 하루를 보내고 있던 혁무조의 귓가에 바깥에서부터 소란스러운 소리들이 들려왔다.

그리고 이내 혁무조의 옆에서 언제나 그를 호위하는 무사인 무명이 안으로 뛰어 들어왔다.

이미 반쯤 몸을 일으키고 있던 혁무조가 기침을 토해 냈다.

"콜록, 콜록. 무슨 소란인가."

"손님이 찾아오셨습니다."

손님이 찾아왔다는 말에 혁무조의 표정이 싸늘하게 변했다.

그가 성이 난 목소리로 입을 열었다.

"분명 한동안 아무도 만나지 않겠다고 공표를 했는데도 불구하고 나의 거처를 시끄럽게 한다고? 찾아온 놈이 누구더냐."

화가 난 듯한 혁무조의 목소리는 환자라고 해도 절로 오금이 저리게 만들 정도의 힘이 담겨 있었다. 무명이 힘겹게 말을 이었다.

"찾아오신 건 다름 아닌 대공자님이십니다. 그럼 교주님의 뜻을 전하고 곧바로 돌아가시게……."

"어이, 어이. 무슨 소리야. 자식이 아비를 보러 왔는데 뭘 돌려보내려고 그래. 어서 들어오라고 해."

"……예?"

"말 못 들었어? 데리고 오라고."

갑자기 확 말을 바꾸는 혁무조의 모습에 무명은 잠시 멍하니 그를 올려다보다 이내 정신을 차리고는 다급히 바깥으로 뛰어 나갔다.

그리고 무명이 바깥으로 나간 그 틈에 혁무조는 침상의 바로 옆에 위치하고 있는 교주의 의자에 자리한 채로 곧 찾아올 손님인 혁련휘를 기다리고 있었다.

이내 무명이 혁련휘와 환야를 대동한 채로 교주전 쪽으로 걸어 들어왔다.

그렇지만 입구에 이르자 무명은 혁련휘의 뒤편에 있는 환야와 함께 발걸음을 멈췄다. 두 사람이 함께하는 지금 교주전 내부에 자리할 수 있는 건 오직 이 둘뿐이다.

혁련휘가 교주전의 내부로 들어서는 순간 뒤편에 있던 커다란 문이 곧바로 닫혔다.

그렇게 교주전의 문이 닫히며 방 안에 단둘만이 자리하게 된 순간 혁무조가 먼저 웃으며 말을 걸었다.

"연락도 없이 찾아올 줄은 몰랐군그래. 무슨 일이라도 있는 게냐?"

말을 걸어오는 혁무조를 바라보는 혁련휘의 표정은 그리 좋지 못했다.

고작 며칠이 지났을 뿐이다.

그런데 그 짧은 시간 동안 혁무조의 안색은 무척이나 수척해져 있었다.

"꼴이…… 왜 그렇소."

힘겹게 내뱉은 혁련휘의 그 한마디.

그 한마디에 혁무조가 피식 웃으며 말을 받았다.

"한동안 너무 바삐 움직이니 몸이 버텨 내질 못하는구나. 그래도 괜찮다. 안색은 이래도 마음은 최근 몇 년 중에 가장 편하고 좋으니까."

칠대천들의 힘을 강제로 해산시켰고, 혁리원의 장례도 제대로 치를 수 있었다.

그 모든 게 지금 눈앞에 있는 혁련휘가 해낸 것들이다.

걱정 말라는 듯이 말하던 혁무조가 이내 뭔가를 기억해 내고는 갑자기 두리번거리는 흉내를 내기 시작했다.

그런 혁무조의 행동에 혁련휘가 입을 열었다.

"뭐하는 거요?"

"아니, 내 며느리는 어디 있나 해서 말이야."

같이 동행하지 않은 걸 애초부터 알고 있었지만 괜히 이런 식으로 말을 꺼내기 위해서 농담을 던진 것이다.

며느리라는 말에 아무런 대꾸도 못 하고 서 있는 혁련휘를 내려다보던 혁무조가 짓궂은 얼굴로 물었다.

"이야기는 들었다. 배필을 찾아 주겠다며 열었던 연회장을 발칵 뒤집었다면서? 정파의 여인이라 뒷이야기들이 제법 많은 모양이던데. 심지어 주 가주는 이번 일을 회의의 안건으로까지 올렸더군. 자기의 조카가 마후가 되지 못해 어지간히 속이 뒤집힌 모양이야."

"……당신은 괜찮소?"

"괜찮냐니 뭐가?"

"정파의 여인을 맞는 것에 대해 어떠냐고 묻는 거요."

생각지도 못한 자신의 의사를 묻는 질문에 혁무조는 잠시 입가에 짓고 있던 미소를 지운 채로 멈칫했다.

그러고는 이내 머리를 긁적이며 천천히 이야기를 꺼냈다.

"안 하던 질문을 해서 당황스럽구나. 내 대답이 뭐가 중요하겠느냐마는…… 난 네 결정을 따를 생각이다. 너도 어엿한 성인이 아니더냐."

혁무조는 혁련휘의 결정에 대해 왈가왈부할 생각은 없었다.

충동적으로 뭔가를 정할 혁련휘가 아님을 잘 아는 혁무조다.

그랬기에 그 비설이라는 여인을 선택했다는 것 자체가 그녀가 혁련휘라는 사내에게 얼마나 중요한 존재인지를 말해 주는 것이었으니까.

그런 소중한 사람이라면 정파고, 사파고 무슨 상관이 있겠는가.

그리고 혁련휘가 말한 대로 음지에 숨어 있는 정파의 무인들을 흡수하려는 지금, 그의 선택은 결코 나쁘지 않다 생각되기도 했다.

물론 그런 정치적인 문제보다는 혁련휘의 마음을 더 중요히 여겼지만 말이다.

비설에 대한 자신의 생각을 밝힌 혁무조가 이내 물었다.

"그런데 설마 그거 때문에 온 것이냐? 며느리가 마음에 드는지 안 드는지 물어보려고 올 녀석은 아니지 않느냐."

혁무조의 질문에 혁련휘가 고개를 끄덕이며 말을 받았다.

"하나…… 묻고 싶은 게 있어서 왔소."

"네놈처럼 발이 무거운 녀석이 이곳까지 온 걸 보면 어지간히도 궁금한 일인가 보구나. 물어보려무나."

"천잠술사 규화, 그자가 만든 옷에 대해 알고 있소?"

규화라는 이름이 언급되는 그 순간 평온해 보였던 혁무조의 입술 끝이 가볍게 떨려 왔다. 그러고는 이내 웃음을 머금으며 대답했다.

"물론 알지. 더러운 손버릇으로 옷에 장난질을 쳐 대던 놈. 그런데 그자의 일은 네가 어찌 알았느냐?"

의외라는 듯 물어 오는 혁무조를 향해 혁련휘가 대답 대신 다시금 질문을 던졌다.

"……역시 알고 있었소?"

"물론이지. 그놈이 만든 옷을 입고 있다가 중독당한 독이 얼마나 많은지 아느냐. 지독한 자식이 어떻게든 나 한번 죽여 보겠다고 수십 개가 넘는 독을 조합해서 내 몸에 심어 놨더구나."

"그자의 손에 많은 이들이 죽었다 들었소. 그래도 무사히 완치되어서……."

"완치됐다고 말한 적은 없는데?"

"……그럼 지금 아직도 중독당한 상태라는 거요?"

혁련휘의 질문에 혁무조가 픽 웃었다.

그는 너무나 끔찍한 이야기를 무덤덤하니 이어 나갔다.

"내가 지금 중독당해 있는 독의 숫자가 몇 개인지 아느냐?"

"……하나가 아니란 말이오?"

"무려 여섯 개다. 그리고 규화 그놈에게 당했던 독 중에서 남아 있는 건 고작 두 개지. 나머지 네 개는 그 이후에 계속해서 다른 이들에게 당한 것들이다. 차마 뿌리까지 뽑아내지 못한 게 여섯 개니 실제로 당한 독의 개수는…… 글쎄, 한 백여 개는 넘지 않을까 싶군그래."

아무렇지 않게 이야기했지만 그 말을 듣고 있는 혁련휘 또한 그럴 순 없었다.

혁무조를 중독시켰을 정도라면 그 하나하나가 얼마나 치명적인 독이었을지 상상이 간다.

그런데 그런 독이 무려 여섯 종류나 몸 안에 남아 있다고 한다.

그토록 끔찍한 일을 겪어 놓고도 혁무조는 마치 남의 일을 이야기하는 것처럼 편안하게 말을 이어 나갔다.

"다행히 다섯 개는 버틸 만한데 한 놈이 문제란 말이야. 이놈이 워낙 독해서 독기가 올라오면 삼 일 밤낮을 토해 내도 속이 진정이 안 돼."

혁무조는 웃으며 말했다.

하루에 한 시진(2시간) 이상을 자 본 게 언젠지 기억도 나지 않는다.

몸 안에 잠복해 있는 그 많은 독들은 정신력이 약해지는 그 순간 기다렸다는 듯이 튀어나와 몸을 지배하려 든다.

살을 찢는 고통과 함께 밀려드는 지독한 죽음의 그림자.

그것을 정신력만으로 버틴 그 이후로부터 얼마나 오랜 시간이 지났는지 모르겠다.

사실 혁무조가 아니었다면 이 독을 지금까지 억누르며 살아오는 건 불가능했을 것이다.

불세출의 무인.

마교의 창시자인 천마 이후 가장 강력한 무인이라는 말은 결코 괜히 붙여진 것이 아닌 듯싶었다.

웃으며 말하는 혁무조, 그렇지만 오히려 이야기를 듣고

있는 혁련휘의 표정이 일그러졌다.

"……치료법은 없소?"

"있었다면 이렇게 고생은 안 했지."

"그 나머지 독들은 대체 어떻게 당한 것이오?"

"네가 찾는 그놈들. 그들에게 당했지. 특히 이 뿌리 깊이 박혀 도저히 쉴 틈을 안 주는 이 지독한 녀석은 싸우던 도중에 당해 버렸어. 만약 그때 이 독에 당하지만 않았다면…… 지금처럼 이 싸움이 길어지지 않았을 텐데 말이야. 그게 참으로 아쉽군그래."

점점 작아지는 혁무조의 목소리.

그 목소리를 듣고 있던 혁련휘가 자신의 입술을 깨물었다.

감옥에 갇혔던 천위극과의 대화를 통해 혁무조가 자신을 버린 게 아니라 살리기 위해 자하도로 보낸 걸지도 모른다는 사실을 알아 버린 지금.

그것에 대해 일언반구 변명도 하지 않는 혁무조에겐 과연 또 다른 어떤 진실들이 숨어 있는 걸까?

그렇게 말없이 서 있는 혁련휘에게 시선을 주고 있던 혁무조가 미소를 지은 채로 말했다.

"미안하구나. 내 싸움을 너에게까지 이르게 해서."

"……이미 내 싸움이오."

혁리원이 죽은 그때부터, 아니 어쩌면…… 자하도로 떨어진 그 날부터 그들과의 싸움은 자신의 몫이었던 걸지도 모르겠다.

혁련휘가 혁무조에게 물었다.

"그자와 싸운 것이 언제요?"

"얼추…… 십 년은 지난 듯하군."

확답을 듣는 순간 혁련휘는 자신의 판단이 맞다는 걸 직감했다.

규화가 그들과 십여 년 전부터 연결이 되어 있었을 거라는 계산이 말이다.

십 년이 넘는 시간.

그동안 일어난 수많은 사건들.

혁련휘가 자하도로 가게 되었고, 규화는 독의(毒衣)로 마교의 수많은 고위층들의 목숨을 빼앗았다. 그리고 혁무조는 그들의 수장과 싸움도 벌였다.

그리고 그 결과가 이것이다.

혁리원은 죽었고, 혁무조는 여섯 개에 달하는 극독에 중독당한 채로 아무도 모르는 힘겨운 싸움을 벌이고 있었던 것이다.

교주의 의자에 앉은 혁무조의 초췌한 얼굴.

그렇지만 그 누구보다 강인한 눈동자로 자신을 내려다보

는 혁무조의 모습을 보고 있던 혁련휘는 결국 결정을 내렸다.

방금 말했던 것처럼 이 싸움은 이제 자신의 몫이다.

그 누구도 아닌 자신의 싸움이다.

혁련휘가 천천히 입을 열었다.

"당신에게서 받아 가고 싶은 게 있소."

"받아 갈 거라니?"

그게 뭐냐는 듯 물어 오는 혁무조를 향해 혁련휘가 오랫동안 고민해 왔던 답을 내놓았다. 혁련휘가 서서히 입을 열었다.

"지금 당신이 앉아 있는 그 자리."

"……뭐?"

"당신이 자리하고 있는 그 왕좌를 이제 내가 가져야겠다는 말이오. 그러니 이제 당신은 더는 그 자리에 있을 필요가 없소. 수십만 명에 달하는 이들의 목숨을 어깨에 짊어질 책임도 없다는 거요. 그건 이제부터 나의 몫이니까. 그러니까 이젠…… 그만 쉬셔도 되오."

빠르게 휘몰아치는 혁련휘의 말에 혁무조는 멍한 눈으로 그를 내려다봤다.

처음 만났던 그때부터 듣고 싶었던 말이 마침내 혁련휘의 입에서 터져 나온 것이다.

혁련휘는 이제 책임을 지려 하고 있었다. 마교의 대공자로서, 수십만 명의 목숨을 짊어지고 싸워야 하는 교주라는 자리의 무게를.

놀란 표정을 지어 보이고 있던 혁무조의 입가에 이내 자그마한 미소가 걸렸다.

'내 허리춤밖에 오지 않을 정도로 조그맣던 녀석이었는데…….'

이제는 당당한 어른이 되어 자신의 앞에 마주하고 있다. 그리고 한 치의 흔들림 없는 모습으로 말하고 있었다.

자신의 자리를 내놓으라고.

혁무조가 대견스럽다는 듯 혁련휘를 내려다보며 입을 열었다.

"……녀석, 정말로 이젠 다 컸구나."

훌쩍 커 버린 아들의 모습에 절로 눈시울이 붉어질 것 같아 혁무조는 재빠르게 말을 이었다.

"교주 자리의 계승은 최대한 빠르게 진행하도록 하마. 워낙 중요한 일이라 다소 시간은 걸리겠지만 그래도 그리 오래 걸리지는 않을 게다."

"그리 알고 있겠소."

대답을 하는 혁련휘를 앞에 둔 채로 혁무조가 손을 뻗어 자신이 자리하고 있는 교주 의자의 손잡이 부분을 어루만졌다.

그러고는 내심 아쉽다는 듯이 중얼거렸다.

"허허, 아들 녀석이 이 아비를 뒷방 퇴물로 만들어 버리는구나."

"그걸 바란 것 아니오?"

"녀석 운 좋은 줄 알거라. 이 아비가 정정했다면 몇십 년이 더 지나도 이 자리는 안 줬을 게다."

말을 마친 혁무조가 갑자기 자리에서 일어나더니 이내 혁련휘를 향해 말했다.

"이쪽으로 오거라."

"……?"

갑작스러운 부름에 혁련휘가 혁무조를 향해 다가갔을 때다. 그가 혁련휘의 양어깨를 잡고는 의자에 그를 앉혔다.

갑작스레 교주의 자리에 앉게 됐던 혁련휘가 당황한 듯 일어나려고 할 때였다.

혁무조가 혁련휘의 어깨를 강하게 내리눌렀다.

어깨를 누르는 혁무조의 얼굴이 진지하게 변했다. 그가 짧게 말했다.

"이 자리를 부탁한다…… 내 아들."

그 말을 마친 혁무조의 얼굴에는 환하게 웃음이 피어올랐다.

수많은 이야기를 하고 싶었지만 지금 할 수 있는 말은 이것이 전부였다.

말을 마친 혁무조는 혁련휘의 어깨에 올렸던 손을 떼고는 두어 걸음 뒤로 물러나서는 자리에 앉아 있는 자신의 아들을 바라봤다.

그러고는 이내 고개를 끄덕이며 장난스레 말을 이었다.

"잘 어울리는구나. 나보다는 아주 조금 모자라지만 말이야."

혁무조의 칭찬 아닌 칭찬에 혁련휘는 그저 말없이 교주의 자리에 앉은 채로 그런 그와 마주하고 있었다.

서로를 마주 보는 부자 사이에 대화는 필요치 않았다.

그렇게 마교에는 새로운 시대의 주인이 찾아오고 있었다.

8장. 북천회

— 너무 커 버렸군

쏴아아아.

커다란 폭포의 물줄기가 시원스럽게 떨어져 내렸다. 겨울이 가고 봄이 오기 시작하자 세상의 만물들이 조금씩 새로운 모습들을 보여 오는 그 무렵.

떨어지는 폭포의 물줄기 뒤편에 있는 동굴로 한 사내가 걸어 들어가고 있었다.

사내의 정체는 비설과 사이가 그리 좋지 않은 북천회 유령밀부를 이끄는 수장인 남궁무였다.

그가 도착한 폭포에 감추어진 동굴.

그 어두우면서도 깊은 동굴 안에 갑자기 불이 확 하고 피어올랐다. 남궁무가 가지고 온 화등에 불을 붙인 탓이다.

걸어 들어온 남궁무의 반대편, 즉 동굴 깊숙한 곳에는 눈에 익은 몇몇 것들이 보였다.

벽에 걸려 있는 옷가지들과 자그마한 식탁. 그리고 그 식탁 위에 올려져 있는 방금 전까지 먹었던 듯한 간단한 음식들까지.

허나 남궁무의 시선이 향한 곳은 그런 자잘한 것들이 자리한 곳이 아니었다.

동굴의 한쪽 벽.

그곳에 서 있는 한 명의 노인이 그의 시선을 사로잡았다. 노인을 발견한 남궁무가 곧바로 예를 갖추며 인사를 올렸다.

"유령밀부의 수장 남궁무, 북천회의 회주이신 관천위 어르신을 뵙습니다."

남궁무가 마주하고 있는 노인. 그가 바로 비설이 속해 있는 북천회의 우두머리인 관천위였다. 제법 깐깐해 보이는 얼굴에 키는 보통 정도.

팔십이 넘는 나이임에도 아직은 정정한 그는, 눈매나 얼굴의 전체적인 분위기에서도 느껴지듯이 고집이 있어 보였다.

그런 관천위에게 향했던 시선을 돌린 남궁무가 주변을

두리번거리며 말했다.

"옮기신 거처가 제법 운치가 있습니다."

"날씨가 풀리니 예전에 머물던 곳은 좀 답답하더군. 그나저나 연락도 없이 찾아온 걸 보아하니 급히 보고할 거라도 있는 모양이로구나."

관천위는 남궁무의 얼굴을 보는 그 순간부터 그가 어떠한 이유가 있어 자신을 찾아왔음을 직감하고 있었다.

그리고 그런 관천위의 예상은 틀리지 않았다.

"비설의 일로 찾아뵈었습니다."

"아아."

비설이라는 말에 관천위는 곧바로 고개를 끄덕이며 가볍게 혀를 찼다.

마교를 발칵 뒤집은 그 사건을 어찌 북천회의 수장인 그가 모르겠는가.

삼천기 회수의 임무를 가지고 마교에 잠입했던 비설이 마후의 후보로 거론되고 있다.

물론 보다 확실한 것은 조금 더 시간이 지나야 결정되겠지만 지금 이렇게 분위기가 흘러가는 것만으로도 마교나 북천회나 모두 신경을 곤두세울 수밖에 없었다.

마후란 마교의 안주인이고, 그 말은 곧 천하를 아우르는 권력을 지닐 수 있다는 말이기도 했으니까.

그런 비설을 보고 있는 북천회의 심경은 복잡할 수밖에 없었다.

그냥 두고 보기도, 그렇다고 나서서 반대하기도 힘든 상황에 처해 있는 탓이다.

북천회라는 이름으로 모여 있지만 그들의 힘은 마교에 비한다면 미약하기 그지없다.

그들이 꿈꾸는 정파의 재건을 위해서 가장 필요한 건 바로 시간이다.

허나 시간이라 해도 다 같은 시간은 아니다.

마교가 북천회의 존재를 알아차리고 그들이 일어나지 못할 정도로 강하게 압박을 가해 온다면 자신들의 숙원은 길어질 수도, 최악의 경우 평생 이루어지지 못할지도 모른다.

그런 상황에서 북천회의 주요한 인물인 비설이 마후의 자리에 오른다면…… 자신들을 지켜 줄 엄청난 방패가 생기는 상황이기도 했다.

그랬기에 북천회는 이런 사실에 뒤집히면서도 쉽사리 어떠한 판단을 내리기가 어려웠다.

북천회의 정신이라 일컬어지는 비설이 어찌 마후가 될 수 있냐고 가슴에서 소리치고 있었지만, 반대로 머리는 말하고 있었다.

마후의 자리에 북천회의 사람이 앉게 됨으로써 자신들이

얻을 수 있는 수많은 이점들이 있음을.

당장에 기분이야 좋지 않겠지만 차라리 비설을 마후의 자리에 앉히고 비밀리에 그녀와 계획을 도모하여 정파의 재건에 힘을 실어 주는 것이 오히려 득인 건 사실이다.

다른 곳도 아닌 마교의 안주인.

잘만 한다면 시간이 흐른 후 마교의 최고 권력자가 될 수도 있는 자리다.

그런 자리에 오른 인물이 자신들의 편이라면…… 마교의 방해를 받지 않고 정파의 재건이 가능해질 수도 있다.

다만 문제는 지금 벌어지는 이 모든 것들이 관천위의 신경에 거슬린다는 게 문제였다.

관천위가 물었다.

"북천회 내부의 분위기는 어떤가?"

"당연히 혼란스럽습니다. 마교 대공자의 여인이 된다는 사실에 대해 탐탁지 않아 하면서도 그로 인해 북천회에 소속된 정파를 재건할 기회가 생길 수 있다는 사실을 잘 아니까요."

"……자꾸 우리의 계획을 어긋나게 하는군그래."

말을 받는 관천위는 불쾌하다는 듯 표정을 찡그렸다.

모든 것이 계산 밖이었다.

첫 번째 삼천기인 천도인장, 오로지 그것을 회수하는 것만이 자신이 계획한 바대로 진행됐다. 그리고 이어진 두 번째 삼천기인 정도기의 회수는 빨라도 너무 빠르게 진행이 됐다.

원래의 계획대로였다면 환영학관에 입관 후 그곳에서 수년의 시간을 보낸 뒤에 시험을 통과하여 마교의 무인이 되어야 했다.

그렇게 자연스레 마교에 들어가서 정도기와 나머지 하나인 백화보검을 회수하는 것. 그것이 바로 관천위가 생각했던 바였다.

아무리 빨리 잡아도 십 년은 걸릴 거라 여겼던 계획. 그런데 그랬던 자신의 예상은 이미 깨어진 지 오래다.

고작 일 년.

그 시간 동안 비설은 삼천기 회수 작전의 완료를 목전에 두고 있는 것과 다름없었다.

분명 빠르게 일이 진행된 것은 북천회의 많은 무인들이 좋아할 사안.

그렇지만 그 안에 관천위는 없었다.

그는 비설이 이토록 빠르게 삼천기를 회수하게 되면서 오히려 곤란한 입장에 처해 있는 상황이었다.

삼천기를 회수하고 흩어진 정파의 무인들을 모으는 것과는 별개로 관천위 개인적으로 준비하고 있던 계략이 있었던 탓이다.

'쯧, 이래서 마교에 들어가는 걸 원치 않았는데.'

관천위가 북천회의 회주라고는 하지만 그가 원하는 대로 모든 일을 진행할 순 없었다.

기회를 놓치지 말자고 대다수가 강력하게 주장한 탓에 회주인 관천위는 결국 비설의 마교행을 허락했고, 그 탓에 그녀는 혁련휘와 함께 마교에 들어서게 되었던 것이다.

가만히 서 있는 관천위를 향해 남궁무가 조심스레 자신의 생각을 밝혔다.

"마후에 오르는 걸 그냥 두셔서는 안 됩니다. 만약 비설이 그만한 힘을 가지게 된다면 저희가 준비한 모든 것들이 수포로 돌아갑니다."

"하여튼 시끄럽게 하는 데 일가견이 있는 아이구나."

"그러게 말입니다. 저희의 계획대로 송백산장에서 죽어 줬다면 저희도 무척이나 편했을 터인데……."

슬그머니 말을 꺼내는 남궁무의 말은 충격적이었다.

송백산장이라니?

일전에 비설은 북천회 상부의 명을 따라 송백산장에 있는 배신자를 처단하러 단신으로 숨어들어 갔었고, 오히려 그곳에서 함정에 빠졌었다.

그들은 비설이 올 걸 알고 대비를 해 놨었고, 당시에 혁련휘의 도움으로 겨우 목숨을 건지고 도망칠 수 있었다.

그런데 지금 이 둘의 대화를 들으면 알 수 있듯이 그때 비설의 목숨을 노렸던 사건의 배후에 있는 건 바로 관천위와 남궁무였던 것이다.

그건 실로 충격적인 일이 아닐 수 없었다.

북천회의 수장인 관천위가, 자신들을 위해 싸우고 있는 비설을 제거하려 했다는 말이었으니까.

비설이 추측했던 다른 파벌의 존재가 실제로 존재했고, 하물며 그들의 정체가 북천회의 우두머리인 관천위와, 규율을 담당하는 유령밀부의 수장인 남궁무였던 것이다.

둘은 아주 오래전부터 비설을 눈엣가시처럼 여겼고, 자신들이 준비해 온 일들이 어그러지려 하자 그녀를 송백산장에서 제거하려 했었다.

물론 그 계획은 수포로 돌아갔지만.

남궁무가 말했다.

"회주님, 도재하가 움직이기 시작했답니다."

"뭐? 그놈이?"

"아마도 송백산장의 일을 비설에게 전해 듣고 그 배후인 저희들을 찾아내려는 것 같은데……."

"조심해야 한다. 그놈에게 꼬리를 잡히면 우리가 아주 곤란해져."

도재하가 움직였다는 말에 관천위가 가볍게 입술을 깨물었다.

비설의 사부이자, 북천회 내에서 회주인 관천위를 뛰어넘는 발언권을 지닌 독보적인 인물이다.

다른 자라면 몰라도 도재하가 이 모든 일을 알게 되면 자신들이 위험해진다.

남궁무가 걱정스레 이야기를 꺼냈다.

"이대로 손 놓고 있을 수는 없습니다. 만약에라도 비설이 다음 북천회의 회주가 되기라도 한다면……."

"그럴 일은 결단코 없을 것이야!"

남궁무의 말을 자르며 관천위가 버럭 소리쳤다.

상상만 해도 끔찍한 일이었다.

지금 자신이 있는 이 자리를 비설이 물려받는다니. 그런 일은 결코 두고 볼 생각이 없었다.

관천위가 이를 뿌드득 갈며 말을 이었다.

"근본도 없는 천한 계집이 정파를 대표하는 이 자리에 오르게 둘 수는 없지."

"물론입니다. 북천회의 회주 자리는 명망 있는 가문의 핏줄이 이어야 하는 것이 당연한 법 아니겠습니까."

관천위의 말에 동감한다는 듯 재빠르게 남궁무가 말을 받았다. 그런 남궁무의 대답에 관천위가 혀를 차며 불만을 토해 냈다.

"에잉, 시간을 끌다가 나중엔 버리려고 했던 패가 이리 커 버려서 날 곤란하게 할 줄이야."

북천회에게 비설이란 미래나 다름없는 존재였다.

그렇지만 그것도 이 두 사람에겐 전혀 관계없는 이야기로 보였다.

사실 처음 비설이 임무의 적임자로 정해졌던 십수 년 전에도 관천위는 생각이 달랐다. 그렇지만 회주의 자리에 오를 가장 유력한 후보였던 도재하가 그녀의 스승이 되고자 하는 마음이 있는 걸 알고 어쩔 수 없이 동조할 수밖에 없었다.

도재하는 비설의 스승이 되기 위해 그 자격을 포기했고, 자연스레 회주의 자리는 관천위에게 향했다.

그렇게 얻은 회주의 자리.

그렇지만 그 이후에도 관천위는 계속해서 이들과 다른 꿈을 꾸고 있었다.

이 자리를 이어야 할 건, 비설이라는 근본도 없는 하찮은 여인이 아니라 오래전부터 이어져 온 명문 정파의 핏줄이어야 한다 여긴 탓이다.

그랬기에 관천위는 아무도 모르게 다른 어린아이 하나를 키워 왔다.

비설과 마찬가지로 정파의 수많은 무공들을 총집합시킨 비밀 병기로.

관천위는 그런 자신의 비밀 병기를 뒤에 감춘 채로 앞에서는 비설을 움직여 삼천기의 회수를 명했다. 사실 바깥에서 그녀를 움직이다가 언젠가 기회가 나면 목숨을 거둘 생각이었고, 그 자리에 자신이 키운 자를 올리려 했었다.

그런데 생각보다 일이 빨라지면서 자신의 계획 또한 변경해야만 했다.

관천위가 입을 열었다.

"경아."

"네, 할아버님."

갑자기 들려온 이질적인 목소리에 마주하고 서 있던 남궁무는 깜짝 놀라고야 말았다.

'우리 둘이 아닌 다른 누군가가 있었다고?'

전혀 기척을 알아차리지 못했거늘, 이 동굴 안에서 다른 사람의 목소리가 들려왔다. 그리고 동시에 그 목소리가 들려온 관천위의 뒤편에서 한 명의 젊은 사내가 걸어 나왔다.

갓 서른이 되었거나, 그보다 살짝 젊어 보이는 정도의 사내는 훤칠한 키에 이목구비도 뚜렷한 미남이었다.

머리는 단정하게 위로 올려 묶었고, 눈빛이나 얼굴에는 자신감이 가득하다.

이 사내가 바로 관천위가 키워 온 비밀병기.

그리고 관천위의 손자이기도 한 관하경이었다. 관천위는 어둠 속에서 모습을 드러낸 자신의 손자를 바라보며 입을 열었다.

"계획했던 것보다 많이 이르긴 하지만…… 아무래도 네가 세상에 나와야 할 때가 된 듯싶구나."

세상에 나와야 할 때가 된 것 같다는 말에 관하경의 눈동자가 빛났다.

오랫동안 없는 사람처럼 살아왔다. 그런 삶을 살아오면서도 꿋꿋이 버텨 온 건 바로 오늘을 위해서이기도 했다.

관하경이 목소리에 힘을 주며 말을 받았다.

"언제든 말씀만 하시지요, 할아버님."

"하하! 든든하구나."

손자의 모습에 흡족한지 관천위가 기분 좋게 웃음을 터트리고 있을 때였다.

그런 그에게 걱정스러운 얼굴로 남궁무가 물었다.

"북천회 내부에서 비설을 따르는 자들의 숫자가 적지 않습니다. 그녀의 상징성이 너무나 커져 버렸기에 제아무리 관 소협이 회주님의 손자라고 해도 후계자 구도에서는 밀릴 수밖에……."

"알고 있네."

"그럼 무슨 방책이라도 있으신 겁니까?"

"방책이라고 할 게 뭐 있겠는가."

가볍게 말을 받았던 관천위가 이내 의미심장한 얼굴로 말을 이었다.

"……비설을 죽여야지."

"지금 비설에게 이목이 집중되어 있는 상황입니다. 그런데 이럴 때 제거한다면 너무 눈에 띄지……."

"그러니까 지금이 기회란 말일세. 지금 비설이 죽으면 가장 의심을 받는 게 누굴까?"

관천위의 그 한마디에 남궁무가 눈을 크게 치켜떴다.

굳이 말을 듣지 않아도 관천위가 생각하는 바를 알아차린 것이다.

남궁무의 놀란 표정만으로도 그가 자신이 생각하는 바를 눈치챘다는 걸 안 관천위다.

그가 말을 이어 나갔다.

"모든 이들은 그 범인을 마교의 누군가로 생각할 걸세. 지금 분위기가 그러하니까 말이야. 정파의 여인이 마후가 되는 걸 원치 않은 누군가가 비설을 죽인 걸로 만들면 그뿐. 그렇게만 된다면 북천회 내부에서도 마교에 대한 적의를 더욱 불태우며 내적으로 더 단결하는 분위기가 될 게야. 그리고 그때가 바로 이 아이가 나설 차례네."

희망이 사라졌다 생각되는 그때 등장한 새로운 고수. 상황이 그렇다 보니 그들은 비설과 마찬가지로 정파의 수많은 무공들을 익혀 온 관하경에게 자연스레 열광하게 될 것이다.

희망이 꺾여 버린 그 순간, 우습게도 인간이란 존재는 또 다른 희망을 갈망하게 되는 법이니까.

그렇게 비설이 가지고 있던 그 모든 걸 이어받게만 된다면…… 자연스레 다음 회주의 자리에는 자신의 손자인 관하경이 오르게 된다.

비설이 마후의 자리에 오르게 되어서 얻을지도 모르는 수많은 이득들. 그렇지만 관천위에게 그런 부분은 전혀 고려할 만한 사안이 아니었다.

시간이 흐르고 북천회가 세상 앞으로 나아가는 그때.

그 선두에 선 것이 비설이라면 그게 무슨 의미가 있단 말인가.

북천회? 정파?

물론 중요하다.

그렇지만 그 일의 주인공이 자신들이 아니라면 그건 어떠한 의미도 없었다. 차라리 시간이 더 걸리더라도, 완벽하지 않더라도 그 주인공이 자신들이기를 바랐다.

관천위가 빠르게 말했다.

"비밀리에 움직일 수 있는 놈들 좀 알아봐."

"언제까지 준비시켜 두면 되겠습니까?"

"빠르면 빠를수록 좋지. 도재하가 알아차리기 전에 모든 뒤처리를 끝내야 하니까 말이야."

비설이 더 큰 힘을 가지기 전에 제거해야만 한다. 그래야만 자신이 계속해서 이 북천회를 좌지우지할 수 있을 테니까.

동굴 바깥쪽에서 계속해서 쏟아지는 폭포수 소리가 귀를 어지럽힌다. 그렇게 떨어져 내리는 물방울들을 바라보며 관천위가 나지막이 중얼거렸다.

"살려 두기에…… 너무 커 버렸어."

동굴 바깥쪽으로 걸어 나온 남궁무가 조심스레 죽립을 쓰고 자신이 온 길을 거슬러 가기 시작한 바로 그때.

깎아질 듯이 높은 폭포 위쪽에서 하나의 그림자가 아른거렸다.

물줄기가 떨어져 내리기 시작하는 지점에 선 복면인은 멀어져 가는 남궁무를 말없이 응시하고 있었다.

복면인은 의미심장한 얼굴로 남궁무와, 그가 나온 동굴의 입구 쪽을 잠시 내려다보다 이내 휙 하니 몸을 돌렸다.

복면 위로 드러나 있는 그자의 눈동자가 차갑게 빛나고

있었다.

*　　*　　*

장원의 마당에 위치한 툇마루에 앉은 비설은 맞은편 돌 위에 자리하고 있는 흑풍과 뭔가 알 수 없는 눈싸움을 벌이고 있었다.

그녀의 손이 자신의 옆에 놓여 있는 바구니로 조심스레 향했다.

그리고 그 바구니에서부터 서서히 비설의 손에 들려서 나온 건 다름이 아닌 막 밖에서 사 온 생선이었다. 흑풍에게 주겠다며 몇 마리 생선을 챙겨 오긴 했지만 그걸 주는 게 그리 쉽지 않았다.

처음 환영학관에서 만나고 지금까지.

그 긴 시간 동안 계속해서 흑풍과 친해지려 노력했지만 그건 처음 혁련휘가 말했던 대로 쉬운 일이 아니었다.

갖은 먹거리를 가져다줘도 흑풍은 여전히 눈 하나 깜짝하지 않았다.

혁련휘가 손을 대기 전까지는 그 무엇 하나 받아먹지 않는 흑풍이었다.

그런 흑풍이었기에 지금 비설이 내민 생선에서도 매몰차

게 고개를 돌린 채로 다른 곳만 응시하고 있는 중이었다.

비설이 울상을 지은 채로 거의 빌다시피 흑풍에게 말했다.

"우리도 만난 지 일 년은 됐는데 이제 좀 아는 척 좀 해주고 그러면 안 될까?"

그녀의 간절한 부탁에 옆에 있는 바닥에 누워 있던 환야가 코웃음을 치며 말했다.

"난 그 몇 갑절은 됐는데 아직도 없는 사람 취급이야 인마."

"에이, 아저씨랑 저랑 같나요."

"뭐가 다른데?"

"애정이 다르잖아요. 애정이. 제가 얼마나 흑풍을 좋아하는데요."

"그럼 뭐해? 저 녀석이 알아주는 것도 아니고."

코웃음을 치며 대꾸하는 환야의 말에 비설은 손에 들린 생선을 혹시나 하는 얼굴로 다시금 내밀었다. 그렇지만 역시나 흑풍은 휙 하니 고개를 돌리며 그런 그녀의 손길을 피했다.

그걸 본 환야가 뭐가 그리도 좋은지 히죽히죽 웃으며 말을 이었다.

"거 보라니까."

"에휴, 오늘도 실패네."

아쉽다는 듯 입맛을 다시는 비설을 바라보던 환야가 퍼뜩 생각난 듯이 말을 꺼냈다.

"그나저나 우리 호칭 문제 다시 정리해야 되는 거 아냐?"

"갑자기 무슨 호칭이요?"

"매일 나나 달치, 부의민한테 아저씨라고 부르잖아. 뭐 여자인데 형님이라 부르는 게 좀 어색해서 그리 부른다고 했었지만 이제는 본래의 모습으로 돌아왔잖아? 당연히 오라버니라 불러야지. 사실 우리가 나이 차가 얼마나 난다고 아저씨냐 아저씨가."

"오라버니라…… 뭐 생각은 해 볼게요. 이제 아저씨라는 말이 워낙 입에 착착 붙어서요. 환야 오라버니? 아, 뭔가 좀 어색한데요."

"딱 듣기 좋구만! 생각하고 말고 할 게 어디 있냐. 그냥 지금부터……."

어떻게든 아저씨라는 호칭을 바꾸고 싶었는지 환야가 목소리에 힘을 주고 있는 그때 건물의 옆에서 혁련휘가 불쑥 모습을 드러냈다.

그가 입을 열었다.

"여기서 뭣들 하고 있지."

"아, 대장 오셨습니까."

바닥에 누워 있던 환야가 벌떡 일어나며 먼저 예를 갖췄다.

그러고는 멀리에서 혼자 무공 수련에 열중하고 있는 부의민을 가리키며 곧바로 말을 이었다.

"여기서 놀면서 저 녀석 감시 중입니다. 농땡이 안 피우고 훈련 잘하고 있나 해서요."

자기는 늘어져라 쉬고 있으면서 정작 부의민은 감시한다는 환야의 언행에 혁련휘가 작게 고개를 저을 때였다. 환야가 물었다.

"저한테 시키실 일이라도 있으십니까?"

"아니."

"그럼 왜……."

뭔가 할 말이라도 있는 듯 다가온 혁련휘다. 당연히 무엇인가 시킬 것이 있는 게 아닐까 했는데 그것도 아니란다.

그랬기에 이상하다는 듯 말을 걸던 환야는 이내 자신의 옆에 서 있는 비설을 발견했다.

그제야 환야는 아차 했다.

혁련휘는 지금 자신을 찾아온 게 아니다.

함께 있었던 비설, 그녀에게 용무가 있어 온 것이 분명하다.

눈치 빠르게 상황을 파악한 환야가 재빠르게 생각을 정리했다.

'이럴 땐 조용히 빠져 주는 게 예의지.'

환야는 괜스레 부의민 쪽으로 걸음을 옮기며 들으라는 듯 중얼거렸다.

"저 녀석 잘하고 있나."

종종걸음으로 환야가 멀어지고 있을 그때 혁련휘가 슬그머니 비설의 옆자리로 다가왔다. 그리고 비설은 그런 그를 위해 살짝 옆으로 움직이며 자리를 내줬다.

자리에 앉은 혁련휘가 말을 걸었다.

"뭐 하고 있었어?"

"이거 보세요, 형님."

혁련휘의 질문에 비설이 기다렸다는 듯 울상을 지어 보이며 생선을 담아 온 바구니를 들어 그에게 내밀었다.

혁련휘가 생선을 확인하고는 물었다.

"뭔데 이건?"

"뭐긴요. 흑풍에게 주려고 제가 사 온 거죠."

비설의 말과 울상인 표정을 보고서야 혁련휘는 상황을 얼추 파악할 수 있었다.

분명 또 흑풍에게 먹이를 주겠다며 이 생선을 구해 왔을 거고, 당연히 저 녀석은 그걸 받아먹지 않았을 것이다.

자주 있어 왔던 일이었기에 별반 놀랍지도 않았다.

혁련휘가 짧게 혀를 차며 말했다.

"너도 정말 대단하다. 아직도 포기 못 하겠어?"

"아시잖아요. 저 포기 못 하는 성격인 거요."

부드럽게 웃으며 말하는 비설의 얼굴을 혁련휘는 물끄러미 바라봤다.

그런 그의 시선에 비설이 살짝 부끄러웠는지 어색하니 고개를 돌리며 물었다.

"왜 그렇게 뚫어져라 보세요."

"웃는 게 예뻐서."

낯부끄러운 말을 아무렇지 않게 내뱉는 혁련휘의 말에 비설의 얼굴이 달아올랐다. 쑥스러워하던 비설이 괜스레 고개를 숙이고는 혁련휘의 어깨를 툭툭 치며 속삭였다.

"에이, 부끄럽게 왜 그래요."

그런 그녀를 혁련휘는 여전히 부드러운 시선으로 바라보고 있었다.

그러고는 이내 혁련휘가 손을 내밀어 비설이 들고 있던 바구니 안에 있는 생선 하나를 들어 올렸다. 생선을 든 혁련휘가 말했다.

"말했지? 그냥 주면 먹일 수 없을 거라고. 흑풍이 새끼였을 때 크게 다쳤던 적이 있어서 경계심이 심해. 그래서 다른 사람이 주는 걸 잘 안 먹는 거야."

"어쩐지 너무 경계를 하더라니……."

"그래도 주고 싶어?"

"왜요? 무슨 방법이라도 있어요?"

혁련휘의 질문에 비설은 눈을 빛내며 물어 왔다. 그런 그녀에게 혁련휘가 고개를 끄덕거리며 말했다.

"내 손 잡아."

"네?"

비설이 당황한 듯 되묻자 혁련휘가 그녀의 손을 잡고는 이내 자신 쪽으로 잡아당겼다. 그러고는 생선을 잡고 있는 자신의 손 위에 그녀의 손바닥을 포갠 채로 말했다.

"이렇게 주면 되잖아. 간단한 걸 뭘 고민해."

"아……."

비설은 엉거주춤한 자세로 혁련휘와 함께 손을 맞잡고 흑풍을 향해 가져온 생선을 내밀었다. 그러자 여태까지 고개를 돌린 채로 외면하고 있던 흑풍이 처음으로 손에 들린 생선을 덥석 받아 물었다.

혁련휘와 손을 잡고 있어 긴장하고 있던 비설의 얼굴에 순식간에 환한 미소가 가득 찼다.

그녀는 방금 전까지 생선을 쥐고 있던 손을 바라보며 놀란 얼굴로 혁련휘에게 자랑을 하기 시작했다.

"우와! 형님, 보셨어요? 지금 받아먹는 거요!"

"그렇게 좋아?"

"그럼요. 일 년 가까이 밤낮으로 줘도 안 먹던 걸 형님이랑 같이 내미니까 그냥 덥석 물어 버리네요. 이렇게 간단한 줄 알았으면 처음부터 이럴 걸 그랬어요."

좋아하는 비설을 말없이 바라보던 혁련휘에게 그녀가 갑자기 바구니를 내밀었다. 그러고는 기대감이 가득한 얼굴로 말했다.

"형님, 이것들도 주죠."

"……그러지."

한껏 좋아하는 비설의 감정을 망가트리고 싶지 않았는지 혁련휘는 순순히 고개를 끄덕였다.

그렇게 혁련휘는 비설과 생선을 같이 쥔 채로 흑풍에게 하나씩 건네주기 시작했다. 바구니에 담긴 생선이 이내 밑바닥을 드러낼 그 무렵, 조용히 있던 혁련휘가 슬그머니 입을 열었다.

"그런데…… 환야나 다른 사람들한테 오라버니라고 부르려고?"

비설의 앞에 모습을 드러내기 직전 환야와 그녀가 나누던 대화를 혁련휘는 들었던 모양이다.

그런 혁련휘의 물음에 비설은 여전히 흑풍에게서 시선도

떼지 않고 말을 받았다.

"아, 갑자기 그렇게 해 달라고 하시더라고요. 그런데 입에 좀 안 붙는 것 같아서 고민 중이긴 해요. 그냥 아저씨가 편한데 다들 그게 뭐가 그리들 싫은지 계속 투덜거리시더라고요."

아무렇지 않게 말하는 비설의 옆모습을 물끄러미 바라보던 혁련휘가 슬그머니 입을 열었다.

"나는?"

갑작스러운 혁련휘의 목소리에 비설이 흑풍에게서 시선을 떼고는 고개를 돌렸다. 비설과 눈을 마주한 채로 혁련휘가 다시금 말했다.

"다른 사람들한테 다 오라버니라고 부르면서 나한텐 형님이라 부를 생각이냐?"

"그거야……."

당황한 듯 비설이 말꼬리를 흐릴 때였다.

혁련휘가 그런 그녀를 똑바로 응시하며 말했다.

"환야한테는 그리하더구나. 그러니 나한테도 그리 불러 보거라."

혁련휘의 생각지도 못한 재촉에 비설은 어색한 표정을 짓고 있었다.

생각해 보면 그리 어려운 일이 아니다.

오라버니라 부르는 건 지극히 자연스럽고, 부끄러운 일이 아니었으니까. 그런데 왜일까? 그 한마디가 이토록 쉽지 않은 이유가.

잠시 망설이던 비설은 이내 결심이 섰는지 길게 숨을 들이마시고는 힘겹게 입을 열었다.

"오, 오…… 하아, 못 하겠습니다, 형님."

오라버니라는 말을 은근 기대하고 있던 혁련휘는 그런 비설의 모습에 내심 서운했지만 가볍게 고개를 끄덕였다.

"그리 부르기 싫으면 굳이 안 그래도 된다. 내가 괜한 걸……."

"아뇨! 그게 아닙니다, 형님!"

비설은 황급히 혁련휘의 손을 잡았다.

방금 전까지 흑풍에게 생선을 주려고 계속해서 잡고 있던 손이다. 그런데 또 이렇게 손을 맞잡으니 다시금 가슴이 콩닥거리며 주책없이 뛰어 댄다.

그런 자신의 모습이 부끄러웠지만 비설은 지금 자신의 생각을 솔직히 밝히고 싶었다.

혁련휘가 오해를 하게 하고 싶지 않았으니까.

그를 좋아하는 자신의 마음이 결코 작지 않음을 말해 주고 싶었다.

비설이 빨개진 얼굴로 혁련휘를 향해 자신의 속내를 감

추지 않고 드러냈다.

"형님을 그렇게 부르면 제 심장이…… 터져 버릴 것 같아서요."

잠시나마 딱딱하게 굳었던 혁련휘의 표정이 비설의 그 한마디에 거짓말처럼 풀렸다.

혁련휘는 별다른 말 없이 손을 뻗어 그녀를 자신의 품 안으로 끌어당겼다.

비설은 자신을 안아 오는 혁련휘를 마찬가지로 끌어안고는 슬며시 미소를 지어 보였다.

둘만의 시간을 보내고 밤이 늦자 둘은 잠을 자기 위해 방으로 들어왔다.

그렇게 각자의 침상에 누운 지 약 일각가량이 지났을 때였다.

혁련휘가 입을 열었다.

"……자?"

"아뇨, 형님."

비설이 몸을 돌려 반대편 침상을 바라봤다. 그리고 그 침상에는 누운 채로 자신을 바라보고 있는 혁련휘가 자리하고 있었다.

어둠 속에서 서로를 마주한 상황, 혁련휘가 천천히 입을 열었다.

"얼마 전에 교주인 그를 만나고 왔어."

"환야 아저씨한테 들었어요. 갑자기 찾아가신 걸 보면 뭔가 중요한 일이 있으셨나 봐요."

비설의 질문에 혁련휘가 고개를 끄덕이며 대꾸했다.

"그에게 말했어. 내가…… 이제 교주가 되겠다고."

혁련휘의 말에 비설은 움찔했다.

언젠가 벌어질 일이라는 건 알고 있었다. 다만 그 시간이 생각보다 너무 빠르게 다가왔다. 아무런 말도 하지 않는 비설을 향해 혁련휘가 물었다.

"괜찮겠어?"

"……뭐가요?"

"내가 교주가 되어도 네게 해가 되는 일이 없겠느냐고 묻는 거야."

그 말을 들은 비설은 그제야 혁련휘가 하고자 하는 말뜻을 알 수 있었다. 그는 걱정하고 있는 것이다. 정파라는 다른 신분에 있는 자신이 교주가 되는 혁련휘로 인해 피해를 입지 않을까 하는 그런 걱정을.

숨어 있는 정파 비밀 세력의 주요 인물이 비설이라는 걸 아는 혁련휘였기에 자신이 교주가 되면서 생길 후폭풍이 혹여나 그녀에게 피해를 주지 않을까 염려하고 있었다.

비설은 그런 혁련휘의 마음이 고마웠다.

자신을 배려하고 걱정해 주는 혁련휘. 그런 그의 마음에 자신 또한 답을 해야만 했다.

비설이 어둠 속에서 고개를 끄덕거렸다.

"걱정하지 마시고 형님은 가야 할 길을 가세요. 전 그 뒤를 어떻게든 쫓을 테니까요."

물론 비설 또한 이 길이 그리 순탄치 않을 거라는 건 안다. 다만 그 같은 걱정을 혁련휘에게 줄 생각이 없었다.

혁련휘가 마교의 반대 세력들을 설득하려는 것처럼, 북천회의 문제는 비설 그녀가 감당해야 할 문제였으니까.

침상에 누운 채로 혁련휘가 나지막이 말을 이었다.

"사실 내가 생각해 둔 미래는 여기까지였어."

"여기요?"

"응, 원이의 복수를 하는 거. 그 이후의 일은 아무런 것도 정해 두지 않았었지."

목표도 없었던 삶이다.

그런 삶에 혁리원의 죽음은 복수라는 목표를 만들어 줬었다. 물론 그 복수는 아직까지 진행 중이고, 언제 끝날지도 가늠할 수 없었다.

허나 한 가지 확실한 건 그것이 끝이었다는 거다.

그렇지만…… 이젠 아니다.

비설 그녀를 알게 되고, 또한 함께하게 되면서 변화한 혁련휘의 모습. 그리고 새롭게 꾸게 된 꿈.

혁련휘가 말했다.

"너를 만나고 난 새로운 미래를 꿈꾸게 된 것 같아."

"어떤 미래요?"

비설의 질문.

그런 그녀의 질문에 혁련휘는 잠시 말을 잇지 못했다. 정확하게 그것이 뭐라고 말해 주기는 힘들지만 하나 확실한 건…….

"너와 함께하는 미래."

그 어떠한 삶을 살아간다 할지라도, 이제 혁련휘의 머리에 비설 그녀가 없는 인생은 그려지지 않았으니까.

9장. 선언

— 그대들은 변한 게 없군

집마전으로 마교의 고위층들이 속속들이 모여들고 있었다.

알아주는 가문의 수장들과, 마교의 십장로들. 그리고 마교를 이끄는 노고수들이 몰려드는 집마전은 고위층들의 회의가 예정되어 있었다.

오늘 회의의 가장 큰 안건.

그건 역시나 혁련휘의 폭탄선언이었다.

다른 이도 아닌 정파의 여인과 혼인을 하겠다고 공표한 혁련휘의 행동에 혈뢰주가의 주석인은 쉬이 넘어갈 일이 아니라며 이번 회의에 안건을 올린 상황이다.

집마전에 모인 백여 명이 훌쩍 넘는 인원들의 시선은 한 곳으로 향해 있었다.

상석에 위치한 의자.

이제는 비어 버린 그 의자 때문이다.

집마전에서 정기적으로 열리는 회의에 교주인 혁무조가 오랫동안 참석하지 않은 탓에 그동안 이를 주관하고 이끌었던 건 묵룡천가 가주 천위극이었다.

허나 이제 그는 죽었고, 결국 상석은 다시금 비어 버렸다.

결국 이대로 가다가는 이 회의를 주관하게 되는 것은 주석인이 될 공산이 컸는데…….

주석인이 막 자리에서 일어나 걸어 나오던 그 순간이었다.

"대공자님 드십니다."

바깥에서 들려오는 목소리에 몸을 일으켜 세웠던 주석인은 엉거주춤한 자세로 문 쪽을 향해 시선을 돌렸다.

그리고 문을 통해 혁련휘가 환야를 대동한 채로 걸어 들어오고 있었다.

혁련휘를 본 주석인은 헛기침을 하며 황급히 몸을 돌려 자신의 자리로 돌아가서 섰다.

만약 조금이라도 더 빠르게 움직였다가는 더 우스운 꼴

을 보였을지도 모를 상황.

지금만으로도 이미 낯이 붉어질 상황이긴 했지만 그나마 상석에 오르기 전이라는 점에서 스스로 위안 삼았다.

혁련휘의 등장에 착석하고 있던 이들 모두가 자리에서 일어나서 길을 따라 걷는 그를 향해 하나둘씩 예를 갖췄다.

그렇게 상석에 도달한 혁련휘가 곧바로 자신의 자리에 앉았다.

자리에 앉은 혁련휘가 아래에 모여 있는 이들을 향해 말했다.

"할 이야기들 있어서 모인 거 아닌가? 시작들 해."

혁련휘의 말이 떨어지자 그들은 눈치를 보다가 하나둘씩 준비해 온 안건들을 꺼내어 대화를 나누기 시작했다.

어느 지역에 새로운 인원이 필요하다느니, 물자가 모자라니 충원해 달라는 둥의 이야기가 곧바로 오고 갔고 이후엔 새외 세력의 동태에 대한 말들도 나왔다.

여러 가지 이야기들이 오고 갔지만 혁련휘는 대부분 별다른 대답도 없이 묵묵히 그들의 말들을 듣고만 있었다.

그렇게 이어진 회의 시간이 얼추 반 시진 가까이 흘렀을 무렵. 준비해 두었던 안건들이 서서히 떨어져 나가자 사람들은 하나둘씩 주석인에게 곁눈질을 하기 시작했다.

오늘 회의에서 가장 중요한 일은 다름 아닌 그가 올린 마후에 관한 일이었다.

그걸 알면서도 대다수의 인원들은 그 같은 사실을 입에 올리지 않았다.

굳이 자신들이 나서서 먼저 그 안건에 대해 떠들고 싶지 않았던 탓이다.

지금 마교는 이미 혁련휘의 손에 들어갔다 해도 과언이 아니다. 그와 적대시하던 이들은 힘을 잃었고, 혁련휘는 교주의 유일한 혈육이자 절대십마 중 하나인 천위극을 꺾을 정도로 뛰어난 무공을 지닌 인물이기도 했다.

명분과 힘, 그 모든 걸 가진 혁련휘에게 밉보이고 싶지 않은 건 당연한 결과다.

말없이 자리하고 있던 주석인은 점점 뒤통수가 따가워져 옴을 느끼고 있었다. 말없이 자신을 바라보는 수십 명의 시선들.

저들의 시선이 무엇을 말하고 있는지 모르는 바가 아니다.

애초부터 자신이 나서야 한다는 사실은 알고 있었지만 언제나 뒤편에 숨어 있는 저자들을 보고 있자니 한편으로는 짜증이 치밀었다.

'괜히 대공자의 심기를 거스르고 싶지 않은 건 나 또한 매한가지이거늘…….'

주석인은 이번 혼례 건을 받아들일 수 없었다.

허나 그렇다고 해서 혁련휘에게 너무 대놓고 불만을 토하고 싶지도 않았다. 다른 이들과 마찬가지로 지금 혁련휘의 눈 밖에 난다는 건 분명 좋지 않은 일이었으니까.

그건 알지만 주석인은 그들과 입장이 달랐다.

얼마 전 우치와의 만남에서 그가 말했다. 자신들과 뜻을 달리한다면 모든 비밀을 풀어 버린다고. 너무 많은 죄를 지어 버린 지금 혁련휘의 편에 서서 때를 기다리는 건 이미 늦은 걸지도 모른다.

그랬기에 주석인은 보다 확실하게 마음을 정했다.

자신의 모든 비밀을 아는 그자들이 존재하는 한 어차피 혁련휘와는 함께 갈 수 없다.

가능성 없는 일에 목메는 것만큼 어리석은 일이 없다는 걸 잘 아는 주석인이었기에 그의 선택은 그리 어렵지 않았다.

주석인이 자리에서 일어나 혁련휘를 향해 먼저 포권을 취하며 입을 열었다.

"저 또한 하나 안건을 올린 것이 있는데, 그것에 대해 여기 모이신 많은 분들과 대화를 하고 싶습니다."

주석인이 나서자 많은 이들의 눈동자가 일렁거렸다. 그가 지금 하고자 하는 말이 무엇인지 너무나 잘 알고 있었으니까.

주석인이 그런 그들의 시선을 받으며 말을 이어 나갔다.

"제가 올린 안건은 다름이 아니라 대공자님의 혼례에 관련된 것입니다. 얼마 전 있었던 연회에서 대공자님께서 배필이 되실 분을 정하셨는데…… 다들 아시겠지만 그 상대가 정파의 여인입니다. 이에 대해 다른 분들의 고견을 듣고자 합니다."

말을 끝낸 그가 주변에 있는 이들을 스윽 둘러보았다. 그런 주석인의 시선을 받은 자들은 괜스레 헛기침을 하며 다른 이들의 눈치를 살폈다.

각자의 생각도 다르고, 하고자 하는 이야기는 분명 많았지만 누군가 다른 이가 먼저 나서기를 바라는 눈치였다.

그러던 차에 마침내 장로 중 한 명이 자리에서 일어났다.

늙은 나이의 그는 이번 혼사에 대해 반대하는 입장에 있는 인물이었다. 그가 말했다.

"다른 것도 아닌 대공자님의 안사람입니다. 그런 자리에 정파의 여인을 올리는 건……."

"반대하는 이유는?"

늙은 장로의 말을 자른 건 혁련휘였다. 갑작스러운 혁련휘의 질문에 당황한 그가 잠시 머뭇거릴 때였다. 혁련휘가 말을 이었다.

"그저 정파의 여인이라 반대한다 이건가? 지금 같은 시대에 그게 반대할 이유로 적합하다 여기는가? 정파의 무인들을 포용하자는 정책을 앞장서서 주장하던 마교의 장로가 할 소리로는 안 보이는데."

"……."

혁련휘의 말에 늙은 장로는 아무런 대꾸도 하지 못했다.

지금 혁련휘의 말대로 그가 비설을 반대하는 이유는 그녀가 정파의 여인이라는 것 하나 때문이었다.

혁련휘가 장로에게 매섭게 쏘아붙이는 그때 누군가가 자리에서 일어났다.

칠대천 중 하나인 흑랑방의 실질적인 주인인 장룡이다.

그가 혁련휘를 향해 자신의 생각을 밝혔다.

"두 번째 부인으로 맞으시지요."

"……뭐?"

"부인은 부인이되, 첫 번째가 아닌 두 번째 부인으로 맞으시는 겁니다. 그렇게만 된다면 정파의 사람들도 아우르려는 저희의 뜻도 그들에게 전달이 될 테고, 본 교에서 반대의 의사를 가진 이들 또한 수그러들지 않겠습니까."

장룡의 말에 회의장에 모여 있던 몇몇 이들이 탄성을 내질렀다. 실로 기발한 생각이었으니까.

그가 말한 대로 그런 방법을 쓴다면 실리와 명분, 두 가지 모두를 얻을 수 있는 상황이었다. 그런 장룡의 제안에 당황한 건 주석인이었다.

'망할, 설마 저런 제안을 할 줄이야.'

주석인이 노리던 건 이번 혼례 문제로 계속해서 마교가 시끄러워지는 것이었다.

이번 회의를 통해 해결하려는 목적이 아니라 계속해서 이 이야기가 회자되고, 대공자인 혁련휘의 위신을 조금이라도 더 떨어트리는 게 목적이었다.

이미 그들을 통해 그 같은 명령을 전달받았던 주석인의 입장에서 이 같은 해결책이 제시된 건 무척이나 곤란한 일이었다.

더군다나 주석인이 듣기에도 마음이 혹할 정도의 제안이었으니 혁련휘 또한 그쪽으로 생각을 바꿀 수도 있다 여겼다.

하지만…….

"거절하지."

혁련휘의 딱 부러지는 말에 오히려 주석인의 얼굴이 한결 풀어졌다.

그리고 그를 제외한 다른 이들이 놀란 듯 웅성거리며 이 같은 좋은 제안을 거절한 혁련휘를 이해할 수 없다는 듯 바라보고 있었다.

그런 그들을 향해 혁련휘가 말했다.

"그대의 말은 한마디로 그 아이를 첩으로 들이라는 것이 아니던가. 허나 그럴 생각은 없다. 그 아이에게 그런 대접을 할 생각도 없을뿐더러, 바로 그녀만이 내 옆자리를 줄 유일한 사람이니까."

혁련휘의 확고한 말에 장룡은 씁쓸한 표정을 지어 보였다. 지금 자신의 제안한 대로 하는 것이 가장 현명한 선택일 거라 여겼다.

허나 그런 자신의 제안을 혁련휘는 거절했다.

이로 인해 마교가 시끄러워진다면 결코 혁련휘에게 좋지 않을 거라 여겨 내밀었던 제안. 그렇지만 그가 싫다고 한 이상 장룡 또한 더는 밀어붙일 생각이 없었다.

어찌 됐든 간에 장룡은 혁련휘의 편이었고, 그가 정한 대로 움직여야 하는 인물 중 하나였다.

장룡이 입을 닫자 주석인이 재빠르게 나섰다.

그는 이 일을 쉽사리 마무리 짓지 못하게 만들어야 하는 임무를 지니고 있었으니까.

"대공자님의 뜻은 잘 알겠습니다. 다만 혼인에 관련된 중대사는 비단 대공자님 본인의 뜻만이 아닌 저희 마교 전체의 의견 또한 묵살하셔서는 아니 되는바. 이 일에 대한 책임……."

말을 하던 주석인은 갑자기 등골이 싸해지는 느낌을 받고는 놀란 듯 황급히 몸을 돌렸다. 그리고 고개를 돌린 주석인의 눈에 들어온 것은 입구에 모습을 드러내고 서 있는 한 명의 사내였다.

혁무조, 그가 문가에 기대어 선 채로 회의장에 모인 이들을 바라보고 있었다.

놀란 주석인의 표정에 마찬가지로 뒤로 힐끔 시선을 돌렸던 이들 또한 곧 경악에 찬 표정으로 몸을 돌리며 무릎을 꿇었다.

회의장의 모인 이들이 갑자기 나타난 교주의 모습에 황급히 예를 갖출 때였다.

그가 성큼 회의장 안으로 걸어 들어와 상석으로 올라섰다.

자리에 선 혁무조가 아직까지도 무릎을 꿇고 있는 수하들을 내려다보며 입을 열었다.

"이거 참 재미있군그래."

재미있다는 말에 고개를 숙인 이들의 얼굴에 난처함이 감돌았다.

지금 같은 상황에 진짜로 재미가 있어서 하는 말이 아니라는 걸 잘 아니까.

그리고 혁무조가 저런 식으로 말을 꺼낼 때는 그가 무척이나 짜증이 난 상황이라는 걸 뜻했다.

그 사실을 아는 이들의 안색이 창백해지는 순간 혁무조가 말을 이었다.

"이 장면 뭔가 익숙하지 않은가? 탕문기, 자네가 한번 대답해 보게."

자신이 호명당하자 십장로 중 하나인 그가 놀란 얼굴로 대답했다.

"무슨 말씀이신지 잘 모르겠습니다."

"그대가 모를 리가 없지 않은가. 뭐 굳이 그대뿐만은 아닐 걸세. 내 혼인을 기억하는 이들이라면 다들 잘 알 거야."

혁무조의 그 말이 떨어지자 그제야 많은 이들의 낯빛이 흐려졌다. 그가 하고자 하는 말의 의미를 알아 버린 탓이다.

"그때도 자네들은 내 혼인을 막으려 했었지? 지금 이 자리에 있는 저 녀석의 어머니와 혼인을 하려 하자 그대들이 뭐라고 했었더라? 아무런 배경도 없는 여인을 아내로 맞았다가는 마교의 미래가 어찌 되겠냐고 말이야."

말을 마친 혁무조가 양팔을 들어 올렸다.

마치 모두가 자신에게 집중하라는 듯이. 양손을 든 그가 자신을 바라보는 그 모두에게 말했다.

"그래서 어찌 되었던가. 이 마교가…… 자네들의 말대로 망하기를 했는가 아니면 기울기를 했는가. 대답해 보게."

"……."

혁무조의 말에 회의장에 모인 백여 명이 넘는 이들 중 그 누구도 입을 열지 못했다.

대답은 정해져 있었으니까.

혁련휘의 어머니와 혼인을 강행했던 혁무조, 그리고 그런 그에게 이들은 당시에도 지금과 비슷한 압력을 가해 왔다.

아무런 배경도 없는 평범한 가문의 여식과 혼인을 하게 되면 분명 추후에 내부의 분열이 일어날 것이고, 그로 인해 마교가 급속도로 약해질 거라 떠들어 댔다.

그렇지만 그 결과는?

오히려 그 반대였다.

외척이 나서지 않자 오히려 권력은 혁무조 한 사람에게 더 집중될 수 있었고, 결국 그는 마도천하의 시대를 이뤄냈다.

아무런 대답도 하지 못하는 그들을 향해 혁무조가 차갑게 말했다.

"입에 꿀들을 바른 건가, 아니면 이제야 아차 하는 건가. 어떻게 된 게 그로부터 수십 년이 지났거늘 자네들은 발전이라는 게 없군그래."

혁무조의 쏘아붙이는 말에 그들은 그저 침묵을 지킬 수밖에 없었다.

분위기를 전환시키는 것에 성공했다 여긴 혁무조가 자연스레 말을 돌리며 본론으로 들어갔다.

"아, 그보다 내가 여기에 온 건 모두에게 충격적인 소식 하나를 전하고자 해서네."

충격적인 소식이라는 말에 자리에 모인 이들이 모두 상석에 위치한 혁무조와, 혁련휘 부자를 의아한 표정으로 바라보고 있는 그때였다.

혁무조가 잠시 고개를 돌려 혁련휘를 바라봤다.

그의 눈빛이 말하고 있었다.

준비가 되었느냐고.

그런 혁무조의 눈빛을 마주하고 있던 혁련휘가 작게 고개를 끄덕였다.

혁련휘의 대답을 들은 혁무조가 잠시 눈을 감았다.

주마등처럼 스쳐 지나가는 수많은 기억들. 하지만 이젠 그 끝을 내야 할 때다.

천천히 눈을 뜬 혁무조가 자신을 바라보는 그들을 향해 입을 열었다.

"이만 교주의 자리에서 내려오겠네."

그 한마디에 혁무조를 올려다보고 있던 이들의 얼굴에 경악이 감돌았다.

* * *

혁련휘의 혼인에 관한 이야기로 시끄러워질 거라 여겼던 회의장은 혁무조의 뜬금없는 발표에 발칵 뒤집혔다.

혁련휘의 혼인 문제와는 비교도 안 되는 일이 벌어지고야 만 것이다.

수십 년간 마교를 통치해 온 철혈의 무인 혁무조가 일선에서 물러날 거라는 뜻을 밝혔다.

그리고 그 말은 곧 새로운 자가 교주에 오를 거라는 소리였고, 그 주인공이 누가 될지는 굳이 말하지 않아도 알 수 있었다.

혁련휘, 바로 그다.

일선에서는 혁련휘의 나이를 문제 삼는 이가 있었다. 젊은 자가 마교의 교주가 된 경우야 제법 있었지만 그렇다고 해도 그중에 혁련휘만큼 어린 이는 없었다.

혁무조만 해도 혁련휘보다 훨씬 더 나이가 들어서야 교주의 자리에 올랐다.

그렇지만 나이만으로 문제를 삼기에는 혁련휘는 너무나

특별했다.

그가 해낸 수많은 일들은 마교 역대 교주들 중 그 누구도 해내지 못한 것들이 대부분이었다.

교주의 자리에 오르기도 전에 이미 마교를 휘어잡은 부분이나, 그토록 어린 나이에도 천하에서 손꼽히는 고수인 절대십마를 꺾을 정도의 실력자다.

약육강식의 법칙이 존재하는 마교에서 그런 혁련휘의 능력은 엄청난 무기가 될 수밖에 없었다.

강하면 따른다.

그것이 바로 마교의 무인들이다.

그런 마교의 무인들에게 혁련휘라는 사내는 따를 수밖에 없는 인물이었다.

지금 당장에도 이토록 대단하거늘 그런 그가 시간이 흘러 더 장성한다면 그 능력이 얼마나 대단할까 하는 기대감마저 들게 만든다.

거기다가 혁무조가 혁련휘에게 힘을 실어 주겠다고 공표를 한 것과 다름없는 상황.

이런 상황에서 혁련휘를 대신해 교주의 자리에 앉을 자격이 있을 누군가가 있을 리 만무했다.

충격적인 이 일을 직접 눈으로 보게 된 주석인은 무척이나 심란했다.

그는 홀로 자신의 방 안에서 손가락을 잘근잘근 깨물고 있었다.

'이걸 어찌해야 할꼬.'

혁무조가 물러서는 건 분명 큰 사건이다.

그렇지만 그보다 문제가 되는 건 혁련휘가 새로운 교주에 오르는 것이다.

고작 반년이다.

혁련휘가 마교에 나타난 지 고작 반년밖에 안 되는 시간 동안 자신들의 모든 계획이 망가졌다.

원래대로라면 소교주가 죽은 지금 마교엔 딱히 후계자가 없어야 했다.

그리고 그 빈 후계자 자리를 놓고 묵룡천가와 대결을 펼치게 될 거라 여겼다.

그런데 지금 상황은 어떻게 됐는가?

묵룡천가는 무너졌고, 자신들 또한 새로운 교주의 취임을 그저 손 놓고 구경만 해야 하는 꼴이 되어 버렸다.

그토록 오랜 시간을 들여 계획했던 일들이 혁련휘가 교주가 되므로 인해 무너져 내리고야 말 것이다.

상황이 이리되자 오랫동안 손을 잡아 왔던 그들에 대한 원망이 치밀어 올랐다.

'대체 그 망할 새끼들은 언제 움직이겠다는 거야?'

세월아 네월아 하면서 허송세월하는 그들이라는 존재에 대해 분노가 치민다. 그들이 그렇게 미적거린 탓에 상황이 어찌 되었는가.

기껏 힘들게 소교주를 죽여 놓고는 대공자를 교주의 자리에 앉히는 꼴이 되어 버렸다. 한마디로 남 좋은 일만 시키고 눈치를 보고 있는 꼴이 되어 버렸다는 소리다.

궁지에 몰리자 주석인은 조급해졌다.

'아무래도 그냥 손을 놓고 있을 수는 없겠는데 말이야.'

음지에 있는 그자들과 달리 자신은 잃을 것이 많다. 그랬기에 주석인은 자신이 가진 것들을 지키기 위해 또 다른 계책을 마련해야 했다.

'그자들에 대해 나도 손을 써 놔야겠군.'

지금 잡고 있는 이 동아줄이 썩은 것인지, 아니면 자신을 하늘까지 데리고 올라가 줄 수 있는 것인지 알아야만 했다.

결국 그들을 감시하기로 마음먹은 주석인은 그 임무를 수행해 낼 자를 고민했다. 그렇지만 고민은 길지 않았다.

이런 모든 임무에 있어 가장 적임자가 한 명 있었으니까.

주석인이 가장 신뢰하고, 또한 능력 또한 뛰어난 자. 그런 자라면 굳이 고민할 이유가 없었다.

주석인은 곧바로 바깥에 있는 하인을 불렀다.

"게 누구 있느냐!"

주석인의 외침에 하인 하나가 황급히 방 안으로 뛰어 들어왔다. 그러자 주석인이 그자에게 명령을 내렸다.

"지금 당장 나가서 신도율을 데리고 오너라."

주석인의 명령에 하인은 곧바로 바깥으로 나갔고, 이내 일각 가까운 시간이 지났을 무렵 신도율이 그의 거처에 찾아왔다.

앞머리로 얼굴을 가린 그가 조용히 방 안으로 모습을 드러냈다.

"찾으셨습니까."

신도율의 등장에 주석인이 표정을 밝히며 그를 맞았다.

주석인은 자신의 반대편 의자를 가리키며 말했다.

"우선 앉게."

신도율이 자리에 앉자 주석인은 준비해 두었던 차를 한 잔 그에게 내밀었다. 신도율이 포권을 취하며 감사의 뜻을 내비쳤다.

따뜻한 차 한 모금으로 목을 축인 신도율이 이내 입을 열었다.

"얼굴에 걱정이 가득하십니다, 가주님."

"허허, 이거 참 자네에겐 거짓말도 못 하겠군. 그럼 내가 왜 자네를 불렀는지도 알겠는가?"

물어 오는 주석인의 질문에 신도율이 잠시 입을 닫고 있다가 이내 대답했다.

“이리 늦은 밤에 절 부르셨으니, 아마도 저에게 하명하실 무엇인가가 있으신 것이겠지요.”

“바로 맞췄네.”

주석인은 고개를 끄덕거렸다.

그러고는 이내 주변을 슬쩍 두리번거리고는 아무런 인기척도 없음을 확인했다.

안전하다는 판단을 내렸는지 주석인이 신도율에게로 고개를 들이밀고는 자그마한 목소리로 말했다.

“아무래도 자네가 그자의 뒤를 캐야 할 것 같네.”

“그자라 하오시면…….”

“그 돼지 새끼 있잖으냐.”

돼지 새끼라는 말에 신도율이 잠시 가만히 있다가 이내 고개를 끄덕였다.

“우치라는 그자를 말하시는 거군요. 그런데 그자는 갑자기 왜 조사하시는 겁니까.”

“아무래도 그자들이 나에게 숨기는 게 있는 것 같구나. 그걸 알아야겠다. 할 수 있겠느냐?”

“……할 수 있느냐 없느냐가 어디 있겠습니까. 가주님의 명령이라면 반드시 해내야지요.”

신도율의 대답에 주석인의 입가에 미소가 감돌았다.

이런 점이 언제나 자신을 흡족하게 만든다. 충성스러운 말투와 행동들, 언제라도 자신이 시킨 일은 해내고야 마는 능력까지.

주석인이 신도율의 어깨를 손으로 가볍게 두드리며 말했다.

"자네만 믿겠네."

"곧 좋은 소식 전해드릴 수 있도록 하겠습니다. 그럼 우선 돌아가서 작전을 짜 봐야겠군요."

"그리하게나."

"그럼 전 이만."

말을 마친 신도율이 곧바로 자리를 박차고 일어났다. 듬직하니 자신을 바라보는 주석인의 시선을 한 몸에 받으며 신도율은 혈뢰주가를 빠져나왔다.

그가 말없이 마교의 내부를 걸어가고 있을 때였다.

인적이 드문 길에 들어서는 그 순간 맞은편에 커다란 거구의 사내가 모습을 드러냈다.

죽립으로 얼굴을 가리곤 있었지만 저 커다란 덩치는 쉬이 볼 수 있는 게 아니었다. 그리고 그 덩치의 주인공은 다름 아닌 우치였다.

우치가 바로 이 인적이 드문 장소에 자리하고 있었던 것이다.

우치는 신도율을 향해 히죽 웃고는 가볍게 목을 꺾으며 천천히 다가오고 있었다. 그리고 그런 우치와 맞은편에 위치한 신도율 또한 슬그머니 고개를 숙인 채로 거리를 좁히고 있었다.

둘의 거리가 거의 지척이라 부를 정도에 이르렀고, 이 정도의 간격이라면 우치의 주먹이 신도율의 몸을 부숴 버리는 것도 가능해 보였다.

그리고 그 순간 우치의 손이 갑자기 소매 속에서 모습을 드러냈다.

불쑥.

파앗!

빠르게 움직이는 손이 허공을 스치듯이 지나갔다. 그렇지만…… 그건 공격이 아니었다.

자신의 죽립을 벗어 뒤로 넘기기 위한 손놀림이었을 뿐이다. 죽립을 벗은 우치가 신도율을 바라보며 히죽 웃었다.

그리고 서서히 열리기 시작한 우치의 입에서 충격적인 한마디가 흘러나왔다.

"오셨습니까…… 대장."

우치가 대장이라 부르는 자, 그건 세상에 단 한 명밖에 존재하지 않았다.

언제나 휘장 너머에서 수많은 일들을 조종하던 비밀에

싸인 인물.

놀랍게도 그 비밀의 주인공은 혈뢰주가 가주 주석인의 수족이라 불리는 신도율이었다.

아주 오래전 혁무조와 싸웠고, 소교주인 혁리원을 죽게 만든 자. 그리고 지금은 비밀리에 모은 세력을 통해 마교를 뒤흔들려는 속내를 갖춘 자.

머리카락으로 감추어진 이면에 무엇을 품고 있는지 모를 정체불명의 사내 신도율.

겉보기엔 이십 대 후반으로 봐도 이상할 게 없었지만 실제 그의 나이는 마흔이 훌쩍 넘은 자였다.

신도율은 자신에게 인사를 건네는 우치를 향해 천천히 말했다.

"혁무조가 자신의 자리를 혁련휘에게 양보하려는 모양이더군."

"저도 방금 막 전해 들었습니다. 그만큼 혁무조의 상태가 좋지 않다는 뜻 아니겠습니까? 괜히 간 보지 말고 당장에 움직여서 마교의 무인들을 단칼에 확 쓸어버리는 게……."

"조금만 더 기다려. 새외로 나간 녀석들에게 곧 연락이 올 테니까."

신도율은 이번 거사를 그리 쉽사리 진행시키지 않을 생

각이었다.

예전에 무모하게 덤벼들었다가 쓰디쓴 패배를 맛본 탓이다.

혁무조, 그가 아무리 독에 중독당했다고 해도 그자는 자신에게 패배를 안겨 준 괴물과도 같은 자다.

조금 더 확실해지지 않고서는 결코 움직여서는 안 된다. 만약 이번 기회마저도 놓친다면 천하를 집어삼키려는 자신의 계획을 다시는 실행하지 못할지도 몰랐으니까.

그런 신도율의 반응에 우치는 속으로 불만을 삼켰다.

예전부터 다른 것에 한해서는 파격적인 결단을 내리는 자신의 대장이 유독 혁무조와 관련된 일에는 조심스러운 자세를 취해 왔다.

아주 오래전 신도율이 직접 혁무조와 싸웠다는 사실은 알지만 그 결과나 과정에 대해서는 알지 못했다. 신도율이 자신이 패했다는 사실을 비밀에 붙인 탓이다.

그랬기에 다른 이들은 그저 막연하게 혁무조와 신도율이 비슷한 수준이 아니었나 짐작만 하고 있을 뿐이다.

진짜 그 싸움에 대해 알고 있는 건 세상에 오직 세 명. 싸움의 당사자인 혁무조와 신도율, 그리고 죽을 뻔했던 그를 구해 줬던 네 명의 수하들 중 하나인 소일홍 뿐이다.

우치가 애써 불만을 지우며 물었다.

"그런데 이 늦은 시간에 어딜 다녀왔다 오시는 길이십니까? 방향을 보아하니 혈뢰주가 같은데요."

"맞아. 주 가주가 갑자기 날 찾더군."

"이 시간에요?"

"그자가 우리를 의심하기 시작했거든."

의심하기 시작했다는 말에 우치가 표정을 구겼다. 얼마 전부터 수상해 보였기에 그가 이상한 행동을 하는 건 충분히 예측 범위 안이었다.

우치가 물었다.

"제거할까요?"

"아니, 아직은 내버려 둬. 당장에 뭔가 하기엔 자기도 켕기는 게 많을 테니까. 잠깐은 내버려 뒀다가 더 귀찮게 하거나 수상한 기색이 보인다면…… 그때는 혈뢰주가의 수장을 아예 바꿔 버리지."

신도율은 칠대천의 하나인 혈뢰주가의 수장을 바꾸어 버린다는 말을 아무렇지 않게 내뱉었다.

그런 신도율의 말에 우치 또한 대수롭지 않게 고개를 끄덕이며 말했다.

"그렇다면 주 가주의 두 아들 중에 누구를 고를지 선택하셨습니까?"

"응."

"누굽니까? 역시 오랫동안 보아 온 첫째가……."

"아니, 둘째."

우치가 예상외였는지 고개를 갸웃하며 되물었다.

"둘째요? 둘째라면 대공자와 비슷한 시기에 환영학관에서 돌아왔다는 그 주자악인가 하는 자를 말하시는 겁니까?"

"맞아."

"왜 그 녀석입니까? 능력으로 치자면 주석인의 첫째인 주원호가 더 나을 텐데요. 왜 굳이 둘째를……."

우치의 질문에 신도율이 확신에 찬 목소리로 대답했다.

"그 녀석이…… 욕심이 더 많거든."

신도율은 주자악의 얼굴을 떠올리고는 픽 웃음을 흘렸다.

가진 재능은 평범한 놈이 천하를 품을 욕심을 가지고 있다.

실로 우스운 일이지 않은가.

그렇지만…… 그랬기에 주자악이 자신들의 새로운 앞잡이로 손색이 없었다.

신도율이 천천히 말을 이었다.

"이용해 먹기엔 욕심 많은 녀석이 더 적격이니까."

10장. 직위

— 할 수 있다

부의민의 하루는 언제나 간단했다.

훈련, 그리고 또 훈련.

이곳 마교에 온 이후부터 단조롭다시피 한 그의 하루는 혁련휘의 일을 도울 때를 제하고는 오로지 훈련만으로 가득했다.

강해지기 위해 매진했던 훈련이 이제는 그의 일상이 되어 버린 것이다.

그리고 그런 훈련만으로 가득한 부의민의 하루는 오늘 또한 다르지 않았다.

눈을 뜨기 무섭게 검 한 자루를 든 채로 뜰로 나섰던 부의민은 오늘도 훈련에 열중하고 있었다. 그렇게 부의민이 훈련을 하는 사이 혁련휘는 환야를 데리고 외출을 했고, 비설 또한 달치와 함께 뭔가를 사 먹겠다며 나가 버렸다.

덕분에 혼자 남게 된 그는 계속해서 혼자만의 시간을 보내고 있었다.

부의민의 검이 허공을 따라 유려하게 움직인다. 바람이 주변으로 밀려 나갔고, 동시에 빨려 들어온다.

몸 주변으로 회오리치는 힘이 언제라도 폭발할 것처럼 꿈틀거렸다.

환야를 통해 배운 수많은 기본기와 무공들.

그리고 특히나 중요하게 익히고 있는 무공은 천살기공이다. 천마의 무공이라는 천살기공은 혼자서도 수없이 많은 적들을 쓸어버릴 수 있는 파괴력을 지닌 무공이다.

반년에 가까운 시간을 이 무공에 집중했지만 여간 어려운 게 아니다.

내공의 움직임부터 시작해서 신경 써야 할 것이 한두 가지가 아니다.

사실 이 정도의 시간 동안 지금의 경지에 오를 수 있었던 건 모두 환야 덕분이다.

옆에서 항시 바라보며 모자랐던 부분을 말해 주고 또 어떻게 보완해야 하는지도 꼼꼼히 설명해 준 환야다.

그의 노력 덕분에 부의민은 이런 고강한 무공을 생각보다 빠르게 자신의 것으로 흡수하고 있었다.

아직은 쌀쌀한 날씨, 그런 날씨에도 불구하고 부의민의 얼굴에는 땀이 송골송골 맺혀 있었다.

그렇게 훈련에 열중하고 있던 부의민의 집중력을 깬 건 문 쪽에서 들려오는 하나의 소리였다.

탕탕.

전방으로 쭉 뻗어진 자신의 검을 매섭게 노려보던 부의민이 문을 두드리는 소리에 눈을 껌뻑거리며 고개를 돌렸다.

“아씨, 한참 집중하고 있었는데.”

그가 특유의 투덜거림과 함께 검을 검집에 꽂아 넣었다.

소리가 났던 곳으로 곧바로 다가간 부의민이 닫혀 있던 문을 열며 입을 열었다.

“누구십니까?”

문이 열리며 부의민의 눈에 모습을 드러낸 건 사십 대 중반의 건장한 사내였다.

어깨는 떡 벌어져 있었고, 각진 얼굴은 그를 보다 사내답게 보이도록 만들었다.

농담이라곤 전혀 모를 것 같은 무뚝뚝한 얼굴의 중년 사내.

그리고 그의 정체를 부의민 또한 잘 알고 있었다.

'……월영전대(月影戰隊) 대주 원진?'

월영전대의 대주 원진을 확인한 부의민은 살짝 움찔했다.

절대십마 수준에는 미치지 못했지만 그래도 마교 서열 오십 위권 내의 고수다. 그리고 그가 이끄는 월영전대는 마교에서 손꼽히는 부대 중 하나다.

개인의 뛰어난 능력, 그리고 휘하에 통솔하는 월영전대라는 커다란 무력 단체까지.

원진이라는 사내가 마교에서 지닌 영향력은 결코 작지 않다.

원진의 갑작스러운 방문에 부의민이 떨떠름해하며 물었다.

"무슨 일이십니까?"

"대공자님과 약속이 있어서 왔다. 안에 계시느냐?"

"아, 잠시 자리를 비우셨습니다. 약속 시각은 칼처럼 지키시는 분인데……."

"내가 조금 일찍 온 것이다."

"그렇습니까? 그럼 우선 안으로 들어오셔서 기다리시면……."

"비켜라."

부의민의 말을 자르며 원진은 그를 툭 밀치며 안으로 걸어 들어왔다.

허락이 떨어진 것이긴 하지만 그래도 자신의 가슴팍을 밀치고 들어서는 원진의 뒷모습을 부의민이 불만스레 바라봤다.

허나 그것은 개인적인 불만일 뿐, 대공자의 명을 받고 이곳으로 온 그였기에 부의민은 애써 그런 감정을 참아 냈다.

장원 안으로 들어선 원진은 주변을 두리번거리다 이내 자신의 뒤편으로 다가온 부의민에게 물었다.

"대공자님의 접대실이 어디지?"

대공자의 거처이니 당연히 있을 거라 생각하며 물어 온 질문. 그렇지만 아쉽게도 이 장원은 그리 크지 않았다.

접대실 같은 게 있을 리 만무했다.

처음 마교에 돌아온 이후 초라하기 그지없는 이 장원을 받았다.

옮기고도 남을 정도의 힘을 얻었거늘 혁련휘는 이곳에 계속 남아 있었다.

그 이유를 이제는 어느 정도 짐작은 하지만…….

"접대실이나 집무실 같은 곳은 딱히 없습니다. 잠시 제 방에 들어오셔서 쉬고 계셔야 할 것 같습니다."

"뭐? 접대실이 없다고?"

기가 차다는 듯 원진이 되물었고 부의민은 고개를 끄덕거리며 말을 받았다.

"거처가 워낙 작아서요."

"하! 대공자님의 거처에 그런 장소 하나 없다는 게 말이나 되느냐?"

따지듯이 물어 오는 원진의 태도에 부의민이 픽 웃으며 말했다.

"저한테 그러셔도 뭐 어쩌겠습니까. 처음 본 교로 돌아왔을 때 이곳을 배정해 준 건 제가 아닌데요."

"이놈이 어디서 꼬박꼬박 말대꾸냐? 그때야 그렇다 쳐도 이제는 상황이 다르지 않느냐. 대공자님을 옆에서 모시는 네놈이 더 신경을 써야지."

자신을 아랫사람 취급하는 걸로 모자라 놈놈거리는 원진의 말투에 그동안 참고 있던 부의민 또한 슬그머니 부아가 치밀어 올랐다.

'나랑 나이 차이도 그리 안 나는 게 어디서 놈놈거려?'

자신을 아랫사람처럼 대하는 건 그냥 넘기려 했지만 이 정도면 도를 넘어섰다. 그냥 자신만의 일이었다면 참았을 수도 있다.

허나 지금 이곳은 대공자의 거처고, 또한 자신은 대공자의 사람이다.

그런 자신에게 이토록 무례하게 구는 건 옳지 않았다.

많은 걸 바라는 것도 아니다.

최소한의 예의. 그것이 필요한 것이다.

부의민이 더는 참지 않고 말했다.

"뭐 하대야 그렇다 쳐도 놈이라 부르시는 건 좀 심하신 것 같군요. 전 대공자님의 사람입니다. 저에게 이리 대하시는 건 적어도 대공자님의 위신을 세워 주시는 일은 아닌 것 같군요. 스스로 하시는 언사에 신경을 쓰셨으면 좋겠군요."

"하? 대공자님의 사람? 고작 학관의 교관이었던 놈이 제 주제를 모르는구나. 대공자님이 옆에 두셨다고 해서 네놈의 신분 또한 높아진다 여기느냐?"

원진은 부의민이 누군지 잘 알았다.

환영학관의 교관이었다가 혁련휘와 함께 마교로 돌아온 자.

신분상으로도 자신보다 한참은 아래인 자였다. 그런 자가 자신에게 오히려 지적을 하고 나서자 원진은 기가 찼다.

말이 대공자의 측근이지 그저 그의 옆에서 잡일이나 하는 하인처럼 여겼던 인물이다.

학관의 교관 정도였다면 그 능력 또한 어느 정도 예상이 간다.

신분도 낮고, 능력도 없는 자에게 갖추어야 할 예의 따위 지니지 못했다.

뼛속부터 마교의 무인인 그는 강함만을 숭배한다.

그랬기에 아무것도 가지지 않았다 여긴 부의민에게 자연스러운 하대가 나왔던 것이다.

더군다나 지금 부의민의 말을 듣고 오히려 원진은 그가 대공자의 존재만을 믿고 기어오르는 그런 자라 느낀 것이다.

말투가 더욱 싸늘해지는 건 당연했다.

원진이 입을 열었다.

"네놈이 뭔데?"

"……무슨 말입니까?"

"난 월영전대의 대주다. 그런데 네놈은 무엇이냐 묻는 것이다. 내가 예의를 갖춰야 할 어떠한 자격이라도 지녔느냐 이 말이다."

쏟아지는 원진의 말에 부의민은 입을 닫고 있었다.

생각해 보면 자신의 신분이라는 게 참으로 애매하다. 딱히 직책이 있는 것도 아니고, 그렇다고 해서 무림에 알려진 뛰어난 위명이 있는 건 더더욱 아니다.

물론 한때는 검위영 소속의 무인이었다.

그렇지만 그건 과거의 일이고, 또 비밀로 묻어 둬야 할 신분이다.

그리고 설령 검위영이라고 한들 지금 눈앞에 있는 원진의 신분과는 차이가 있을 수밖에 없다.

검위영의 일개 무인. 그리고 이자는 마교에서 손꼽히는 부대인 월영전대의 대주다.

딱히 뭐라 자신을 설명할 말이 없어 침묵하고 있는 부의민을 향해 원진이 말을 이었다.

"세상에서 내가 가장 싫어하는 게 어떤 부류인지 아느냐? 바로 아무것도 없으면서 주변의 뒷배만 믿고 함부로 까불어 대는 그런 놈이다. 그리고 바로 네가 그런 자들 중 하나로구나."

원진의 말에 부의민의 입가에 조소가 걸렸다.

웃는 그를 본 원진은 반대로 불쾌한 표정을 지어 보였다.

원진이 이해가 안 간다는 듯 중얼거렸다.

"웃어?"

모욕적인 언사에 오히려 웃고 있는 부의민의 태도가 이해가 가지 않았다.

물론 웃고 있다고는 하나 부의민의 속내가 좋을 리는 만무했다.

오히려 그 반대였다.

웃고 있는 얼굴, 그렇지만 그건 그만큼 부의민의 속이 뒤

틀렸다는 걸 말해 주는 것이기도 했다.

'아, 짜증 나네.'

부의민은 짜증을 웃음으로 바꾼 채로 자신의 앞에 있는 원진을 가만히 바라봤다.

그런 부의민의 시선이 마음에 들지 않았는지 원진이 성큼 다가서며 말을 걸었다.

"왜 웃지? 지금 내가 우습기라도 하다는……."

부의민의 옷깃을 움켜잡으려는 그 순간 옆쪽에서 소리가 들려왔다.

탕탕.

문을 두드리는 소리, 그리고 그곳엔 열린 문을 통해 이쪽을 바라보고 있는 혁련휘와 환야가 자리하고 있었다.

혁련휘의 존재를 확인하는 순간 원진이 황급히 몸을 돌려 그에게 포권을 취했다.

"월영전대 대주 원진이 대공자님께 인사드립니다."

예를 취하는 원진의 뒤편에 선 부의민은 지금 모습을 드러낸 두 사람을 떨떠름한 표정으로 바라보고 있었다.

'언제부터 저기 있었던 거지? 설마 우리 이야기를 들었나?'

부의민의 의문을 푸는 건 그리 어렵지 않았다.

혁련휘는 언제나처럼 무표정한 얼굴이라 속내를 알기 어

려웠지만, 다행히도 그의 옆에 있는 환야는 조금 달랐다.

불쾌한 듯 일그러져 있는 얼굴.

그 얼굴을 보고 있자니 부의민은 알 수 있었다.

자신과 원진의 이야기를 저 둘 또한 들었다는 것을.

부의민은 뒷머리를 긁적거렸다.

알고 있다.

이렇게 무시당한 일을 가지고 자신을 업신여길 사람들이 아니라는 것을. 그건 알지만 기분이 그리 좋지 못한 건 사실이다.

적어도 저들은 자신을 동료라 여겨 준다.

허나 이 또한 알고 있다.

저들과 자신 사이엔 크나큰 차이가 있다는 점을.

혁련휘는 고귀한 신분과 뛰어난 실력을 지녔다. 환야 또한 믿을 수 없을 정도의 무공을 뽐낸다. 그리고 비설과 달치 또한 말도 안 되는 실력자들이다.

그에 비해서 자신은 평범하기 그지없는 존재.

항상 비교하지 않으려 애썼지만 언제나 자신이 뒤떨어진다는 건 너무나 잘 알았다.

그랬기에 더 강해지려 무공 훈련에 매진했다. 저들의 동료로서 짐이 아닌 힘이 되기 위해 그 같은 노력도 감내한 것이다.

그런데 결국 또 이렇게 모자란 자신에 대해 직면하게 되어 버렸다. 그리고 그 모습을 가장 보이고 싶지 않은 사람들에게 보여 버리고야 말았다.

애써 태연한 척했지만 마음이 아려 왔다.

그런 부의민을 뒤로한 채로 원진이 혁련휘를 향해 말했다.

"하명하실 일이 있다 들었습니다. 하시지요."

"……."

혁련휘는 말없이 원진을 내려다봤다.

그렇게 잠시 이어지던 침묵을 깨며 혁련휘가 원진에게 말했다.

"하명하지. 지금 이 순간부터 월영전대, 현월대(玄月隊), 척살염왕대(刺殺閻王隊), 사천만마대(邪天萬魔隊)를 평소엔 별개이긴 하지만 하나의 명령 체계로 움직이는 회(會)로 묶는다."

혁련휘의 그 말에 원진이 놀란 듯 눈을 크게 치켜떴다.

그가 이끄는 월영전대도 그렇지만 현월대나, 척살염왕대, 사천만마대 모두 커다란 무력 단체들이다. 더군다나 그들 모두가 새외 세력과의 싸움을 이끄는 주요 단체들로 실전에도 능한 고수들이 모여 있다.

실질적으로 새외의 세력들을 견제하는 네 개의 대.

그런 네 개의 대를 하나의 회로 묶는다니, 실로 어마어마한 무력 단체의 탄생인 셈이다.

제각각 힘이나 숫자는 조금 다르지만 그 네 개의 대를 하나로 묶으면 대략 천여 명 가까운 절대 고수들이 하나의 단체로 구성된다.

혁련휘의 말에 원진이 놀란 듯 보였지만 그게 끝이 아니었다.

진짜 놀랄 일은 그 이후에 이어졌으니까.

혁련휘가 말을 이었다.

"그 회는 군룡회(群龍會)라 이름 짓고, 그곳의 수장은……."

혁련휘의 시선이 향한 곳.

그리고 그곳에는 애써 태연한 척 멀뚱멀뚱 서 있는 부의민이 자리하고 있었다. 갑작스러운 혁련휘의 시선에 부의민은 뒤쪽에 누가 있나 자신도 모르게 두리번거렸다.

그렇지만 혁련휘의 눈은 오로지 한 사람에게 향해 있었다.

오래전부터 정해 뒀던 일이다.

그가 입을 열었다.

"부의민, 너다."

그 말을 듣는 순간 뒤편을 둘러보고 있던 부의민의 몸이 딱딱하게 굳었다.

그렇지만 몸이 굳었던 것도 잠시.

천천히 고개를 돌린 부의민은 놀란 얼굴로 혁련휘를 응시하고 있었다.

회주라니? 그것도 그토록 엄청난 무력 단체들을 하나로 규합한 곳의 수장을 자신보고 맡으라는 말이지 않은가.

믿기지 않은 말에 커다란 충격과 함께 부의민이 말을 더듬거리며 물었다.

"내, 내가…… 아니, 제가 말입니까?"

너무나 놀라 다른 사람이 있는데도 불구하고 평소처럼 반말을 내뱉던 부의민이 황급히 말투를 바꾸며 되물었다.

그런 부의민을 향해 혁련휘가 고개를 끄덕였다.

부의민의 얼굴이 새빨갛게 달아올랐다.

기분이 좋았다.

그 네 개의 대를 하나로 묶은 단체의 회주라니.

말만 들어도 두근거릴 일이 아니던가. 군룡회라 이름 붙여질 그곳이 지닐 힘은 가히 상상조차 되지 않는다.

실질적으로 변방을 책임지는 총책임자의 자리가 바로 군룡회의 회주인 것이다.

황실로 치자면 대장군이라 불러도 될 위치.

너무나 영광스러웠다.

그리고 고마웠다.

그런 자리에 자신을 올려 주려고 할 줄이야 생각도 못 했으니까.

허나 부의민은 고개를 저었다.

싫어서가 아니다.

오히려 그 반대다.

너무나 좋고 떨려 왔다. 아무것도 하지 못한다는 사실에 모든 걸 포기했다. 그렇게 마교를 떠나 환영학관에 몸담았던 자신에게 그런 중대한 위치를 주려 하는데 어찌 싫겠는가.

그렇지만 자신이 과연 그만한 그릇이 될까?

부의민은 확신이 없었다.

“말씀만으로 감사합니다. 하지만 저는 그런 일을 하기에 능력이…….”

“아니, 네가 적임자다.”

확신에 찬 혁련휘의 말에 부의민은 말문이 턱 막혔다. 목구멍까지 차오르는 격한 감정이 그가 아무런 말도 하지 못하게 만들었다.

혁련휘의 목소리가, 눈빛이 말하고 있었다.

자격이 있다고. 그들을 이끌 능력이 있다고 말이다.

방금 전 하찮은 자신의 존재에 대해 내심 실망하고 괴로

워하던 부의민의 감정이 뒤흔들릴 수밖에 없었다.

부의민은 스스로가 자신을 낮춰 왔다.

그랬기에 하지 못한다 말했다.

헌데 오히려 타인이 자신에게 강한 믿음을 보여 주고 있다. 그것도 마교의 새로운 지존이 될 사내가 말이다.

그 특별한 사내가 자신을 인정하고 있다.

적임자라는 그 한마디가 심장을 뛰게 만든다.

자신의 가치를 인정해 주는 사람을 만나는 게 얼마나 큰 행복인지 부의민은 다시금 느낄 수밖에 없었다. 그리고 하늘에게 감사했다.

이런 사내와 함께하게 해 줘서.

혁련휘는 아무런 말도 잇지 못하는 부의민의 어깨에 손을 얹었다.

그런 혁련휘의 행동에 부의민이 고개를 치켜들어 그를 바라봤다.

혁련휘가 부의민을 바라보며 말했다.

"너 스스로에게 확신이 없다면 나를 믿어라. 내가 보아 온 너는…… 할 수 있다."

혁련휘가 네 개의 대를 묶어 만든 군룡회라는 집단의 수장을 부의민으로 임명하겠다는 강한 뜻을 내비친 그때였다.

이야기를 듣고 있던 월영전대의 원진이 말도 안 된다는 듯 소리쳤다.

"납득할 수 없는 일입니다! 이렇게 갑작스럽게 정하시면……."

"갑자기가 아니야. 오래전부터 준비해 왔던 일이지."

새외의 세력들이 날뛴 지는 꽤나 오랜 시간이 지났다. 그럼에도 불구하고 아직까지 변방이 안정되지 않은 건 그들의 힘이 강한 탓이기도 했지만 마교 내부적으로도 유기적으로 서로 간의 작전이나 계획들이 공유되지 않은 탓도 컸다.

더군다나 커다란 무력을 지녔던 것만큼 칠대천을 비롯한 여타의 세력들과 어느 정도의 관련이 있었던 것도 사실. 그랬던 그들을 이번 기회를 빌려 완벽하게 새로이 정비하려고 하는 것이다.

그런 여러 가지 문제점을 타파하기 위해 혁련휘는 오래전부터 새외 세력들과 싸우는 주요 부대들을 하나의 명령체계 아래로 묶으려 했다.

그리고 이건 비단 혁련휘뿐만이 아니라 혁무조 또한 준비해 왔던 일이었다.

혁련휘의 말을 들은 원진이 고개를 저었다.

그걸 납득하지 못하겠다는 말이 아니었으니까.

"대공자님의 뜻은 저 또한 반대할 생각이 없습니다. 변화가 없던 새외 지역에 대한 정책은 바꿀 수도 있는 것이니까요. 제가 반대하는 것은 다름이 아닌 저자를 저희의 수장으로 앉히시려는 계획을 말씀드리는 겁니다."

"내 말을 따르지 못하겠다 이건가."

"이건 아무리 대공자님의 명이라 하셔도 그냥 따를 순 없습니다. 이건 단순히 저뿐만이 문제가 아니라 저를 따르는 수하들, 그리고 넓게 보면 이곳 마교에 살아가는 수많은 이들의 목숨과도 귀결되는 일이기 때문입니다. 제발 다시 생각해 주십시오. 새외를 막아서는 방어선이 무너지면 본교가 입을 피해는 상상 이상입니다, 대공자님."

"알고 있어. 그렇게 중요한 곳이니까 저 녀석을 보내려고 하는 거고."

아무렇지 않게 말을 내뱉는 혁련휘의 모습을 보며 원진은 도대체 이해가 가지 않았다.

환영학관의 교관으로 있던 자 따위가 와서 뭔가를 할 수 있는 그런 곳이 아니다. 원진이 다급히 말을 이었다.

"저희는 마교 내부에서 평화로운 세월만을 보내고 있는 그저 그런 무력 단체들이 아닙니다. 월영전대뿐만이 아닙니다. 나머지 세 개의 대대 모두가 새외 세력과의 전투를 벌이는 주요 세력들입니다. 항상 목숨을 걸고 싸우는 전투 부대란 말입니다. 그런 저희들을 하나로 묶으시고는 그걸 저런 어중이떠중이에게 주신다고 하면 저뿐만 아니라 다른 세 명의 대주들 또한 따르지 못할 일입니다."

목숨을 건 전쟁터에서 살아가는 무인들이다.

우두머리의 명령 하나에 수많은 이들이 죽을 수도 있는 그런 싸움들이 비일비재하게 일어나는 곳.

그런 주요한 거점에 고작 환영학관의 교관이었던 자를 세우겠다니…… 쉽사리 수긍할 수 없는 건 당연했다.

다른 곳도 아닌 그곳의 수장이라면 결코 측근이라는 이유만으로 뽑혀서는 안 된다 여겼다.

능력이 있어야 한다.

뒷배가 아닌 개인의 뛰어난 능력을 지닌 자들만이 살아갈 수 있는 곳이다.

자신을 비롯한 나머지 세 명의 대주들 또한 그 뜻을 받아들이기 어려울 것이라는 속내를 강경하게 드러낸 원진을 향해 혁련휘가 천천히 말했다.

"그대는 내가 그저 인맥으로 이자를 그대들의 수장으로 앉히려 한다 생각하나 보군."

"……."

대답하지 않는다는 것 자체가 이미 속내를 말한 것과 다름없었다.

원진은 엄연하게 반대의 의사를 내비친 것이다.

그리고 이미 이 정도의 반대는 혁련휘 또한 예상하고 있었다.

부의민은 예전부터 그림자처럼 살아온 자다.

검위영으로, 그리고 지금은 혁련휘의 뒤에서 잔일을 도맡아 주며 환야를 돕고 있다.

그런 그를 전면으로 내세우려 하니 반발이 있는 건 당연했다.

그렇지만 혁련휘는 이런 반발을 누그러트릴 가장 좋은 방법을 알고 있었다.

실력으로 찍어 누르는 것이다.

아무런 소리도 하지 못하게.

혁련휘가 곧바로 입을 열어 부의민에게 말했다.

"부의민, 준비해."

"뭘…… 말입니까?"

"보여 줘야지. 네 실력."

"에엑?"

혁련휘의 말을 듣는 순간 부의민의 입에서 기괴한 비명소리가 터져 나왔다.

지금 같은 상황에 실력을 보여 주라는 게 어떠한 의미인지 잘 알았으니까. 그래도 말도 안 된다 여겼는지 부의민이 설마 하는 얼굴로 물었다.

"혹시…… 원 대주와 싸워 보라는 건 아니시지요?"

부의민이 간절한 시선을 혁련휘에게 쏘아 댔다.

제발 아니길 빈다는 듯한 그 눈빛.

그렇지만 그런 그의 간절함은 여과 없이 깨어지고야 말았다.

혁련휘가 퉁명스레 말했다.

"아니긴 왜 아니야. 맞으니까 바로 준비해."

"아니, 그래도……."

부의민은 어물거렸다.

스스로의 실력이 원진이 생각하는 것처럼 하수가 아니라 자부하긴 하지만 그를 상대한다는 게 말이 되지 않는다 여겼다.

환야에게 무공을 배우기 시작하며 몰라볼 정도로 늘었다고는 하지만 원진은 마교 서열 오십 위 수준의 고수다. 그런 그를 상대하라니 부의민은 눈앞이 캄캄했다.

그리고 부의민과는 다른 의미로 원진 또한 당황하고 있었다. 그가 물었다.

"지금 저보고 저자와 손속을 나눠 보라는 말씀이십니까?"

"그래. 내가 뽑은 이자의 실력을 못 믿겠다 이거 아니던가? 그럼 직접 겪어 보고 결정하면 되겠군. 이자를 너희들의 상관으로 삼을지, 말지는. 그래도 불만 있나?"

"……그럴 리가요. 하겠습니다. 대공자님이 말씀하신 대로 붙어 보지요."

이름조차 없는 무인과 손속을 겨루게 된 사실이 내심 탐탁지는 않았지만 혁련휘의 말을 듣고 생각을 바꿨다.

대공자는 자신에게 직접 보고 결정하라 말했다.

한마디로 이곳에서 자신이 저자를 간단하게 제압해 버린다면 대공자 또한 이런 말도 안 되는 제안 따위 하지 않겠다는 뜻이다.

원진이 이번 대결을 수락하겠다 하자 부의민은 죽을상을 지어 보였다.

그가 한숨을 푹 쉬고는 하늘을 향해 고개를 치켜들었다.

'맙소사, 월영전대 대주라니.'

사실 부의민은 선뜻 이해가 안 갔다.

자신과 원진이 싸움을 하게 만든 건 혁련휘다. 만약 정말로 자신을 네 개의 대를 합해서 만들어질 군룡회의 회주로 앉히려 했다면 다른 방법을 써야 하지 않았을까?

아니면 설마…….

'내가 이길 거라고 여기는 건 아니겠지?'

부의민은 대놓고 혁련휘에게 전음을 날리긴 애매했는지

애꿎은 환야에게 불만스러운 속내를 드러냈다.

『이거 무슨 속셈이라도 있는 거냐?』

『속셈이라니?』

『아니 그러지 않고서야 내가 어떻게 월영전대 대주랑 싸워서 이기냐?』

『뭘 사내새끼가 겁이 그렇게 많아. 그냥 붙어 봐. 재미있는 일이 벌어지게 될 테니까.』

『재미있는 일? 그게 뭔데?』

부의민의 질문에 환야는 괜스레 딴청을 부리며 그의 시선을 피했다.

그런 그를 노려보며 속으로 욕을 한 바가지 쏟아 내려는 그때 근처에 있던 원진이 짜증스러운 목소리로 물었다.

"안 싸울 생각이냐? 뭐, 현명한 생각일지도 모르겠군. 굳이 나와 붙었다가 창피를 당할 필요는 없지. 그럼 대공자님도 확실히 아실 수 있게 이곳에서 패배를 시인하면 그걸로 끝내도록 하지."

"……."

"대공자님 아무래도 이자는 저와 싸우기에는 겁이 나는 모양인데 그냥……."

"누가…… 겁이 난다는 겁니까?"

침묵을 이어 가던 부의민이 결국 입을 열었다.

그는 표정을 잔뜩 찡그린 채로 자신을 바라보는 원진과 시선을 마주했다. 그러고는 이젠 모르겠다는 듯 체념한 표정을 지어 보였다.

'에라, 이젠 나도 모르겠다.'

상황이 이리되어 버렸으니 부의민으로서는 싸우는 것밖에는 남은 길이 없었다.

그랬기에 결국 부의민이 크게 고개를 끄덕이며 소리쳤다.

"에라! 한 번 죽지 두 번 죽나. 그냥 깔끔하게 한판 합시다."

소리치는 부의민의 모습에 여태까지 그를 무시하듯 바라보던 원진의 표정이 기묘하게 변했다.

싸움을 피하려는 그를 보며 내심 속으로 한심한 작자라 무시했다. 그렇지만 한편으로는 그게 당연하다고도 생각했던 원진이다.

자신은 마교의 알아주는 고수였고, 상대는 고작 이름 없는 무명소졸이었으니까.

승패가 뻔한 싸움.

그런데 그걸 알고서도 이렇게 나서는 걸 보아하니 한 가지는 알겠다.

'……용기는 있군.'

원진이 새삼 부의민을 다른 시선으로 바라보고 있던 그 때 혁련휘가 말을 이었다.

"둘 다 승낙했으니 자리를 옮기지. 뒤편에 있는 연무장이 좋겠군."

그리 멀지 않은 곳에 있는 연무장.

원래 사람들이 잘 오지 않기도 했지만 혁련휘의 위신이 높아지면서부터 어느샌가 그의 개인 연무장이 되어 버린 장소다.

연무장을 향해 혁련휘가 선두에 선 채로 다른 이들과 함께 이동하고 있을 때였다.

달치와 함께 식사를 마치고 돌아오던 비설이 멀리에서 일행들을 발견하고는 이쪽으로 달려왔다.

혁련휘를 향해 반갑게 손을 들어 올리던 그녀는 뭔가 심각한 분위기를 감지했는지 어색한 표정과 함께 한껏 추켜올렸던 팔을 슬그머니 내렸다.

비설이 종종걸음으로 혁련휘에게 다가와서는 자그마한 목소리로 그의 귓가에 속삭였다.

"형님, 분위기 왜 이래요? 꼭 당장이라도 한판 붙을 거 같은데요."

"맞아. 곧 저 둘 붙을 예정이거든."

"아저씨랑 저분이요? 왜요?"

"내가 뭘 맡기려 하는데 저자가 부의민의 실력을 못 믿겠다고 하더군. 그래서 확인차 한번 붙어 보라고 했어."

혁련휘의 짧은 설명에 비설은 정확히는 모르겠지만 얼추 상황은 파악했는지 고개를 끄덕거리며 중얼거렸다.

"아…… 허기야 부의민 아저씨가 좀 못 미덥게 생기긴 했죠."

"다 들리거든!"

뒤편에서 들려오는 부의민의 고함 소리에 비설이 그저 어색한 웃음을 지어 보이고 있을 무렵 뒤늦게 달려온 달치가 부의민에게 적의를 드러내고 있는 원진을 바라보며 말했다.

"부의민 싸운다. 달치도 싸워야 한다."

당장이라도 도끼를 뽑아 들고 원진에게 달려들려는 그를 비설이 달랬다.

"아저씨가 나서면 형님이 화내실걸요."

혁련휘가 화를 낼 거라는 말에 달치는 도끼에 올렸던 손을 내리고는 금방 모르는 척 웃고만 있었다.

그런 달치를 옆에 둔 채로 비설이 재차 물었다.

"그런데 형님 저분은 누구신데요?"

"월영전대 원진."

"아하."

정체를 들었음에도 불구하고 비설의 표정에는 별반 변화가 없었다.

그자가 얼마나 뛰어난 실력자인지 알지만 별반 걱정하는 것 없어 보이는 기색이다.

그런 비설의 모습에 부의민은 이해가 안 간다는 듯 혀를 내둘렀다.

'어떻게 된 게 걱정하는 놈이 하나 없지?'

달치야 그렇다 쳐도 비설이라면 어느 정도 걱정을 해 주지 않을까 했다. 그런데 그녀 또한 이상할 정도로 담담하다.

아무리 목숨 건 싸움이 아니라고 해도 패배를 한다는 건 무인에게 그리 내키지 않는 일이다.

하물며 자신의 싸움의 승패로 인해 혁련휘의 계획이 뒤틀릴 수도 있는 상황이다.

이해할 수 없는 주변 분위기에 부의민이 적응하지 못하고 있을 그 무렵 일행들은 목적지인 연무장에 도착할 수 있었다.

도착하기 무섭게 연무장 위로 올라선 두 사람.

그리고 그런 둘을 향해 다가간 혁련휘가 짧게 규칙을 설명했다.

"이건 목숨을 건 싸움이 아닌 비무다. 원진 너 정도의 실력이라면 굳이 생사 대결이 아니더라도 상대의 실력 정도는 가늠할 수 있겠지?"

"물론입니다."

뛰어난 무인일수록 굳이 상대와 손을 섞어 보지 않아도 알 수 있다.

상대를 이길 수 있는지, 없는지를. 물론 그것이 항상 정확한 건 아니다.

그 날의 몸 상태, 그리고 싸우는 동안 일어날 수 있는 수많은 변수들이 예상치 못한 반전을 만들어 내기도 하니까.

그렇지만 기본적으로 두어 수만 섞어 봐도 상대의 실력을 어느 정도 가늠하는 건 가능하다. 적어도 이자가 삼류인지, 아니면 뛰어난 실력을 지닌 자인지 정도는 말이다.

대답을 들은 혁련휘가 곧바로 말을 이었다.

"죽이기 위한 공격은 금지다. 상대의 실력을 인정하거나, 아니면 한쪽이 지쳐 쓰러지면 끝이다."

혁련휘의 말에 두 사람은 약속이라도 한 듯 고개를 끄덕였다.

"그럼 시작해."

할 말을 다 끝낸 혁련휘가 짧게 마무리를 짓고 연무장에서 내려왔다.

혁련휘가 연무장을 내려가고도 조금 떨어진 곳에 자리할

때까지 움직이지 않고 있던 원진이 마침내 허리춤을 향해 손을 내렸다.

스르릉.

뻗어져 나온 긴 검신이 빛을 쏟아 냈다.

아직 채 검도 겨루지 않았거늘 부의민은 그의 자세에서 나오는 강렬함을 느낄 수밖에 없었다.

'서열 오십 위라……. 역시 강하겠지?'

오래전 마교에 몸담았을 때 자신의 실력에 대해 스스로 평가를 내렸던 적이 있다.

아무리 좋게 쳐 줘도 삼백 위 내로 진입하기 어렵다 여겼던 실력.

물론 수많은 고수들이 즐비한 마교에서 그것만으로도 충분히 대단한 것이긴 했지만 최고 등급의 무인이라 부를 순 없는 수준이었다.

허나 눈앞에 있는 이 사내, 원진.

이자는 그 최고 등급에 올라 있는 상대다.

그런 그를 상대하게 될 줄이야 미처 몰랐지만…….

부의민 또한 준비해 온 검을 손에 쥐었고, 그걸 시작으로 원진이 먼저 움직였다.

'속전속결로 끝낸다.'

어차피 이 싸움은 자신이 이길 싸움이다.

그저 압도적인 힘 차이로 대공자의 생각이 틀렸다는 것만 증명하면 그만.

처음엔 마음에 들지 않았지만 그래도 용기 있게 자신과 싸워 보겠다고 나선 패기에 어느 정도 점수를 주어 딴에는 자비를 베푼 것이다.

순식간에 거리를 좁히고 들어온 원진의 검이 원을 그리며 부의민에게 날아들었다.

쒜엑!

손에 들린 검이 바람이 갈라지는 소리와 함께 빠르게 날아들었다. 단번에 이 싸움을 끝내겠다는 듯 깔끔한 일격이다.

달려들어 오며 검을 내지르는 원진의 모습에 순간 모든 감각을 일으키며 바짝 긴장했던 부의민이다.

그런데 막상 날아오는 검을 보는 순간 긴장했던 그의 표정이 돌변했다.

'어라?'

보인다.

원진의 검이, 그의 발이 향하는 길목까지 모두가 다. 다음 발이 향할 곳이 읽혀지니 자연스레 검로도 미리 머리에 그려진다.

휘휙!

그리고 그런 부의민의 예상은 정확하게 적중했다.

원진의 움직임이 아주 찰나이긴 했지만 무척이나 느리게 느껴졌다.

물론 그건 일순간의 감정이었고 실질적으로 원진은 성난 호랑이처럼 매섭게 몰아붙이고 있었지만 말이다.

뒤늦게 정신을 차리고 황급히 피해내긴 했지만 결코 여유가 없었던 건 아니다.

그리고 동시에 부의민은 일전에 이와 비슷했던 경험을 떠올렸다.

흑랑방의 아들이 장난으로 죽이려던 모녀를 구하기 위해 싸웠던 그 당시.

그는 오래전 동료였던 팔영과 무기를 겨뤘었다.

검위영 시절에 항상 이기지 못했던 팔영의 움직임을 부의민은 그때도 완벽하게 읽어 냈다.

그리고 이번에도 마찬가지였다.

허나 그때 팔영의 움직임을 읽어 냈던 것과 지금은 너무도 다르다.

팔영과 원진, 둘은 비교할 수 없는 수준의 무인이었으니까.

'……그 자식 덕분에 또 이만큼 는 건가?'

멀리에서 이 싸움을 지켜보는 환야의 모습이 아주 잠시

지만 눈에 들어왔다가 사라졌다.

그렇지만 계속해서 환야에게 고마운 마음을 느낄 여유는 없었다. 지금 그는 월영전대의 대주와 마주하고 있었으니까.

한껏 눈을 부릅뜨고 있던 부의민의 시선에 다시금 원진의 손을 타고 흔들리는 검의 움직임이 들어왔다. 천천히, 그렇지만 정확하게 날아드는 검의 모습을 부의민은 시야에서 놓치지 않고 좇았다.

완벽하게 읽어지는 검로.

문제는 그걸 눈치챈 건 부의민 본인만이 아니라는 거다.

검을 휘두르는 원진의 눈에는 똑똑히 보였다.

자신의 검로를 따라 동시에 움직이고 있는 부의민의 시선이.

처음에 피했을 땐 우연이라 생각했다.

그런데 지금은? 지금 이 시선은 어떻게 생각해야 하는 것일까?

'내 검로를 읽는다?'

찰나에 든 생각, 그렇지만 원진은 스스로의 생각을 부정했다.

그런 게 가능할 리가 없지 않은가. 자신의 검을 학관의 일개 교관이 눈으로 좇는다는 게 어디 말이나 될 성싶은가.

자신의 생각이 착각일 거라는 믿음. 그렇지만 그 믿음이 깨어지는 데는 그리 오랜 시간이 걸리지 않았다.

파앗!

검을 피했다.

그것도 검이 막 닿으려는 직후에 살짝 몸을 트는 정도로 말이다.

허나 원진은 알 수 있었다.

이건 간신히 피한 게 아니다.

더 빠르게 움직이려 했다면 보다 민첩하게 공격을 피할 수 있었다. 그렇지만 끝까지 검을 눈으로 좇았고, 결국 가장 좋은 순간에 공격을 피해 냈다.

가장 아슬아슬하게 피한다는 건 그만큼 큰 위험 부담도 있지만 그 반대로 성공만 한다면 상대에게 가장 치명적인 일격을 가할 수 있는 기회이기도 하다.

그만큼 거리가 좁고, 균형이나 움직임 자체가 무너져 있는 탓이다.

그런 상황에 처한 원진이 황급히 거리를 벌리려 들었다. 그렇지만 좁혀진 거리, 부의민 또한 그 기회를 놓칠 이유가 없었다.

검을 휘두르기엔 좁은 거리.

부의민은 망설이지 않고 무릎으로 그의 옆구리를 찍어

버렸다.

낫 모양으로 휘어지며 원진은 휘청거렸지만, 곧바로 균형을 잡으며 이어지는 공격을 막아 냈다.

카앙!

검을 쳐 냈다.

그런데 순간 놀라운 일이 벌어졌다. 튕겨지는 검의 주변으로 해서 밀려드는 맹렬한 기운. 거리가 좁다 보니 자연스레 자신의 몸이 말려들어 가는 느낌이 들었다.

아니, 실제로 부의민이 있는 곳으로 빨려 들어갔다.

그 기운을 몸으로 감지하는 순간 원진은 등골이 오싹했다.

'정통으로 맞으면…… 죽는다!'

이 거리, 그리고 이 정도의 파괴력.

강기가 분명했다.

그것도 보통 강기가 아닌 상상 그 이상의 파괴력을 지닌 종류의 것임이 분명했다.

놀라움과 감탄이 동시에 터져 나왔다.

강기라니?

초절정의 무인들만이 구사한다는 강기를 어찌 교관 생활이나 하던 자가 뿜어낸단 말인가. 하물며 그냥 겉핥기식이 아닌 이토록 자신만의 색깔을 뿜어내는 강기를 말이다.

부의민의 손에서 펼쳐지고 있는 강기는 당연히 천마의 무공인 천살강기였다. 환야에게 배운 그의 최고 절초.

그렇지만…… 이건 눈속임이었다.

애초에 비무에서 강기를 휘두를 생각 자체가 없었으니까. 부의민은 생각했다. 자신이 강기를 뿜어내려고 한다면 그 짧은 틈에 원진은 거리를 벌리려 할 거라는 걸.

그리고 예상대로 원진이 물러나기 위해 가까운 거리를 박차고 황급히 뒤로 뛰어오르려 했다.

허나 애초부터 눈속임으로 강기를 쓰려던 부의민은 그의 자그마한 움직임조차 놓치지 않았다. 기다렸다는 듯이 뒤로 튕겨져 나가는 그를 향해 자신의 발을 뻗었다.

아슬아슬하긴 하지만 발이 그의 발목을 걷어찼고 덕분에 원진은 허공에서 균형을 잃으며 옆으로 떨어져 내렸다.

그 짧은 틈.

부의민은 강기에 휩싸인 검을 놓은 뒤 떨어져 내리는 원진의 다리 안쪽과, 등을 곧바로 감싸 안으며 그대로 뒤로 넘기듯이 바닥에 꽂아 버렸다.

찰나의 순간 벌어진 일.

하늘이 빙그르 돌았다.

쾅!

소리와 함께 등에서부터 원진의 몸이 바닥으로 내팽개쳐

졌다. 순식간에 파고든 부의민의 손이 곧바로 그를 회전시키듯 뒤집어 버린 것이다.

원진은 바닥에 누운 채로 멍하니 하늘을 올려다보았다.

큰 충격을 받을 공격이 아니었다. 살짝 등이 아프긴 했지만 이 정도 고통이야 아무렇지 않을 정도의 미미한 수준이다.

그런데…… 움직일 수가 없다.

지지 않았다고 일어나서 싸우겠다 말할 수도 있었지만 이상하게 입이 열리지 않았다.

지금 바닥에 쓰러져 있다는 사실 자체가 믿어지지 않았고, 또 방금 자신이 본 강기에 대해서도 여전히 충격을 받은 상황이다.

그리고 놀란 건 비단 그 위력을 가늠하기 힘든 강기 때문만은 아니다. 오히려 강기를 뿜어내기 전의 일련의 과정들이 더 소름이 돋았다.

'……검로뿐만이 아니다. 내 움직임, 내 생각 모두 읽고 있었어.'

이건 착각이 아니다.

상대는 자신의 모든 걸 완벽하게 읽어 냈고, 그에 맞춰 대응했다. 그랬기에 이토록 몇 번 검을 섞지도 않고 이렇게 바닥에 나자빠지지 않았는가.

물론 목숨을 걸고 싸운다면 이리 쉽게 끝날 싸움은 아니다.

그렇지만 글쎄…… 과연 끝까지 갔다면 자신이 이길 수 있었을까?

원진은 인정할 수밖에 없었다.

자신이 그토록 우습게 여기던 부의민이라는 자, 그는 대단한 실력을 지닌 무인이었다. 그리고 대공자가 추천한 이유가 분명히 존재하는 자라는 사실 또한 알 수밖에 없었다.

원진이 그렇게 바닥에 누운 채로 생각에 잠겨 있을 때였다.

쓰러져 있는 원진뿐만이 아니라 그를 바닥에 내리꽂은 부의민도 자신의 손을 바라보며 멍하니 서 있었다.

자신이 해 놓고도 실로 믿어지지 않았다.

스스로가 강해졌다는 건 잘 알고 있었다.

그렇지만 그것이 어느 정도 수준인지 부의민은 알지 못했다.

설마 자신이 그 유명한 원진의 공격을 이토록 가볍게 피해 내고 그를 바닥에 내리꽂을 줄은 상상조차 하지 못한 일이었다.

부의민은 그를 바닥에 쓰러트리고도 스스로 믿기지 않는 듯이 속으로 중얼거렸다.

'이게 어떻게 된 거지. 내가 이렇게 강했나?'

떨떠름한 표정으로 눈을 뜬 채 누워 있는 원진에게 잠시 시선을 줬던 부의민이 허황된 상상에 빠졌다.

'이거 알고 보면 내가 세상에서 최고로 강한 거 아냐?'

허나 그런 상상은 이내 멀리에 서서 자신을 바라보는 동료들의 시선을 느끼며 거짓말처럼 사라질 수밖에 없었다.

저기에 저런 괴물들이 있는데 자신이 세상에서 최강일 리가…….

그때 자리에 멍하니 누워 있던 원진이 상반신만 일으켜 세웠다. 여전히 자리에 앉아 있는 그를 향해 부의민이 물었다.

"더 할 겁니까?"

싸움이 끝났다고 하기엔 뭔가 좀 애매한 상황.

그렇지만 원진의 싸움은 이미 끝이 나 있었다.

그가 고개를 저으며 대답했다.

"됐소. 이미 내가 보고 싶은 것은 보았으니 더 이 싸움을 할 필요가 없어졌소."

방금 전까지 무시하듯 하대를 내뱉던 원진의 말투가 변해 있었다.

됐다는 말을 듣자 부의민의 딱딱했던 표정이 한결 편안하게 변했다. 그가 속으로 안도의 한숨을 삼키고는 곧바로 일행들이 있는 쪽으로 달려갔다.

급히 다가온 부의민을 가장 먼저 반긴 건 비설이었다. 그녀가 웃는 얼굴로 말을 걸었다.

"아저씨, 고생하셨어요."

그런 비설을 향해 부의민이 서운하다는 듯 말을 내뱉었다.

"넌 말이야. 내가 저런 고수랑 싸운다는데 걱정 하나 안 되나 보더라?"

원망하는 듯한 부의민의 말에 비설이 눈을 동그랗게 뜬 채로 대꾸했다.

"걱정은 왜 해요? 애초부터 승패를 알았는데."

"……알았다고?"

"네, 아저씨가 이길 줄 알았어요. 항상 옆에서 봐 왔으니까요."

너무나 무덤덤한 비설의 말.

그제야 부의민은 다른 이들에게 고개를 돌렸다.

무표정한 혁련휘의 얼굴, 픽 웃으며 자신을 바라보고 있는 환야. 그리고 아무 생각 없어 보이는 달치까지.

부의민이 혹시나 하고 물었다.

"설마 다른 사람들도 다 그렇게 생각했던 거야?"

그의 질문에 혁련휘가 팔짱을 낀 채로 짧게 대답했다.

"난 승산 없는 내기 따위 안 해."

"……."

혁련휘의 그 한마디에 부의민은 또 할 말을 잃었다. 이게 정말인지 아닌지는 알 수 없지만, 적어도 이들이 자신이 이길 거라 믿고 있었다는 그 말만큼은 썩 기분이 나쁘지 않았으니까 말이다.

부의민은 얼결에 끝나 버린 대결 때문에 아직도 잘 판단이 서지 않는지 혁련휘에게 물었다.

"근데 그럼 이제 뭐 어떻게 되는 거지?"

"어떻게 되긴 뭐가 어떻게 돼. 저쪽이 널 인정한 것 같으니, 그럼 이제 전부 네 아래로 들어오게 되는 거지. 공식적인 취임은 며칠 걸리겠지만 지금 이 순간부터 네가…… 군룡회의 회주다."

혁련휘의 말이 끝나자 옆에 서 있던 환야가 부의민을 툭툭 치며 말했다.

"이야, 이 자식 출세했네. 학관의 교관이었던 놈이 네 개의 대대를 통합하여 이끄는 회주가 될 줄이야. 뭐야, 그런데 왜 이렇게 말이 없어? 설마 감동이라도 한 거냐?"

말없이 고개를 숙이고 있는 부의민을 향해 환야가 감동한 거냐고 놀리고 있을 때였다. 숙이고 있던 고개를 치켜든 부의민의 얼굴엔 알 수 없는 미소가 걸려 있었다.

그리고 그런 미소를 머금은 채로 부의민이 입을 열었다.

"군룡회의 회주고 나발이고 그것보다…… 이제부터 저 자식 내 아래인 거 아냐?"

"그렇지. 넌 회주고, 저자는 대주니까."

"오호."

부의민이 갑자기 눈을 빛냈다. 그리고 아직까지 연무장 바닥에 앉아 방금 전의 비무를 하염없이 머리에 그리고 있던 원진에게 달려갔다.

순식간에 원진에게 가까이 다가간 부의민이 그의 발을 툭툭 찼다.

그런 부의민의 행동에 원진이 뭐냐는 듯 올려다보며 말했다.

"무슨 일이오?"

특유의 사악한 미소를 머금은 채로 부의민이 놀리듯 말했다.

"인마, 존댓말 모르냐?"

"존댓말을 하라는 거요?"

"거요?"

"……겁니까?"

"그래, 그래. 존댓말 하니까 얼마나 보기 좋아. 우리 원대주, 앞으로 친하게 지내야 될 거 아냐. 그렇지?"

옆에 쭈그려 앉은 채로 부의민이 원진의 어깨를 툭툭 두드렸다. 그리곤 금방 기분이 좋아져서는 옆에 앉아 있는 그에게 장난스럽게 말을 걸었다.

"아 참. 고생할 각오들 하라고. 내가 아래에 있는 놈들 굴리는 데 이력이 나 있거든. 으하하하!"

부의민은 그들을 괴롭힐 생각에 신이 난다는 듯 허리를 뒤로 꺾으며 호방하게 웃어 젖혔다.

연무장을 쩌렁쩌렁 울리는 웃음소리.

아랫사람이 되기 무섭게 상대를 괴롭히는 그 모습을 멀리 떨어져서 보고 있던 비설은 옛날 환영학관 때가 생각났다.

그녀가 고개를 절레절레 흔들며 옆에 있는 혁련휘에게 말을 걸었다.

"저 성격은 영영 못 고치겠죠?"

"……아마도."

혁련휘의 대답에 비설이 픽 웃음을 흘렸다.

* * *

혁련휘가 부의민을 군룡회의 회주 자리에 앉힌 사실을 알게 된 우치는 다급히 자신들의 거처로 달려왔다. 그가 들어선 거처에는 이미 이곳에 남아 있는 다른 두 명 또한 자리하고 있었다.

요염하고 아름다운 외모를 지닌 소일홍, 그리고 이들의 우두머리이자 혈뢰주가의 핵심 인물로 알려져 있는 신도율이 말이다.

신도율의 무릎에 앉아 웃음을 머금고 있던 그녀는 우치가 황급히 문을 박차고 들어오자 표정을 확 구기며 자리에서 일어났다.

소일홍이 불만스레 중얼거렸다.

"하여튼 눈치 없는 새끼."

그런 소일홍의 말을 들었는지 아닌지 우치는 그녀에게는 눈길조차 안 주고 신도율에게 다가와 부복했다. 신도율이 여전히 자리에 앉은 채로 아래쪽에 있는 그를 향해 말했다.

"무슨 일이지?"

"급히 보고 드릴 일이 있습니다. 새외와의 싸움의 축을 이루고 있는 네 개의 세력인 사천만마대, 척살염왕대, 현월대, 월영전대를 하나의 단체로 묶었다고 합니다. 그리고 군룡회라 명명한 그 단체의 수장으로는 환영학관에서 교관을 했던 수하를 앉혔답니다."

"……그래?"

네 개의 힘을 하나로 규합하였다는 것만으로도 큰 세력

이 되겠지만 문제는 그것들이 새외를 지키는 자들이라는 거다.

그리고 그걸 자신을 따르던 최측근 중 하나에게 맡겼다라…….

머리카락으로 가려져 보이지 않긴 했지만 신도율의 입가에 미소가 머금어졌다.

"제법이군. 칠대천들이 나눠 가지던 그들을 완전히 휘하에 넣는 이득과 동시에 바깥부터 단속을 하겠다 이건가."

혁련휘의 생각이 대충 머리에 그려진다.

나쁜 계책이 아니다. 새외에서 연신 마교와 다툼을 벌이고 있는 세력들에게도 커다란 경고가 될 수 있을 테니까.

무덤덤하게 대답하는 신도율을 보며 우치가 조급한 목소리로 물었다.

"그냥 두고 보실 생각이십니까? 만약 새외 부분의 방비가 강화된다면 저희가 준비해 왔던 계획의 일부는 완전히 수정되어야 합니다. 그렇게 되면……."

"그렇게 안 돼. 그러니 걱정하지 마."

새외의 주축이 되는 전투 부대들의 재정비.

그 재정비가 있기 전에 일을 벌여야 한다. 다행히 운이 좋았다. 부의민이 군룡회라는 단체의 회주가 되기 전에 신도율이 먼저 유영인과 고경천을 새외로 보낸 탓이다.

새외에 도착한 그들이 대공자의 사람들보다 먼저 움직일 것은 자명한 노릇.

시간상으로 자신들 쪽이 유리한 건 분명하다.

그렇지만 신도율은 치밀한 자였다.

막연하게 그러겠지 하고 손 놓고 있기보다는 상황에 맞춰 그다음 수도 준비해 두는 그런 꼼꼼함도 가졌다.

실패는 혁무조에게 패했던 그 날 한 번이면 된다.

혹시 모를 상황을 위해 신도율은 또 다른 계획 하나를 벌이기로 마음먹었다.

신도율이 말했다.

"계획대로 일을 벌여도 상관은 없긴 하다만…… 그래도 만약을 위해 대비책 하나를 준비하는 게 낫겠군."

"대비책이라 하면 뭘 말하는 건가요?"

옆에서 이야기를 듣고 있던 소일홍이 물었다. 그런 그녀의 질문에 신도율이 대답했다.

"내부를 조금 어지럽게 해야겠지."

"무슨 수로요?"

"아무래도 그 계획 조금 앞당겨야겠어."

"그 계획이라면 설마 혈뢰주가 가주에 대한 이야긴가요?"

"맞아. 주석인, 조금 더 살려 두려 했는데…… 그놈 운이 없네."

신도율이 하려는 건 간단했다.

내부에서 큰일을 만들어 새외에 대한 관심을 잠시나마 죽인다.

그 짧은 시간들이 모여 결국 나중에 벌어진 모든 일들의 발단이 될 것이다.

애초에 주석인을 죽이는 건 정해진 수순.

다만 그 시기를 조금 앞으로 당길 뿐이다.

신도율이 자신의 계획을 드러내자 우치가 물었다.

"어떻게 죽이실 생각이십니까? 제가 나서서 쥐도 새도 모르게 제거할까요?"

"아니, 그래도 상대는 칠대천의 수장이야. 쥐도 새도 모르게 죽이는 건 쉬운 일이 아니지."

우치에 비해 약하다고는 하지만 제대로 싸워서 죽이려 든다면 소란은 피할 수 없다. 다른 곳도 아닌 마교의 내성에서 그런 사건을 벌였다가는 뒤처리가 곤란해질 수도 있다.

더 좋은 방법이 있는데 굳이 그런 위험을 부담할 필요는 없었다.

신도율이 말했다.

"내가 하지."

"대장이요?"

"대장, 우치 저 녀석으로 못 미더우시면 차라리 제가 나서서……."

신도율이 직접 나선다는 사실이 안 내켰는지 소일홍이 말을 꺼냈을 때다. 그런 그녀에게 고개를 저으며 신도율이 자신의 생각을 재차 밝혔다.

"아니, 내가 해. 난 그의 가장 가까운 곳까지 쉽게 다가갈 수 있는 존재니까. 아무런 소란 없이 단 일수에 끝낼 수 있어."

신도율의 말대로다.

그는 주석인이 가장 믿는 인물. 그라면 주석인에게 아무런 의심도 사지 않고 다가갈 수 있다. 그리고 신도율 같은 사내에게 그 정도의 거리를 준다는 것만으로 이미 주석인의 목숨은 그의 뜻대로 정해진다 해도 과언이 아니다.

신도율의 말을 전부 들은 우치가 알겠다는 듯 고개를 끄덕였다.

"대장 뜻대로 하시죠."

신도율이 말한 대로 이번 일의 최고 적임자는 그다. 그랬기에 우치도 더는 자신이 하겠다 나서지 않은 것이다.

대충 상황 정리를 끝낸 신도율이 나지막이 말했다.

"새외라……. 생각은 나쁘지 않아. 다만 대공자는 아직

알지 못하는군그래. 진짜 무서운 적은 외부의 적이 아닌, 내부의 적이라는 걸 말이야."

이미 뿌리 깊이 자리하고 있는 자신들이 존재하는 한, 대공자의 그 어떠한 계획도 이루어지지 못하리라.

신도율이 자리에서 일어나며 확신에 찬 목소리로 입을 열었다.

"자, 그럼 슬슬 내부부터 뒤흔들어 볼까."

〈다음 권에 계속〉

화산전생
"이번에는 다를 거다.
너희 뜻대로는 되지 않아."
새로운 운명, 그리고 다시 움직이는 피의 수레바퀴.
지금 여기서 회귀 영웅의 전설이 펼쳐진다!
정준 작가의 신무협 장편소설
dream books
드림북스

FUSION FANTASY STORY & ADVENTURE

사도연 퓨전판타지 장편소설

신세기전

이전에는 보지 못한 새로운 판타지
눈부신 신의 세계가 눈앞에 펼쳐진다!

사도연이 보여 주는 퓨전 판타지 장편소설!

dream books
드림북스

의원강호

중원제일 명의가 되기 위한 그의 남다른 행보가 시작된다.
전생에 정형외과 의사였던 김영태, 무림에 환생하다!
기공흑마가 선보이는 또 하나의 강호 시리즈!

ORIENTAL FANTASYSTORY & ADVENTURE

기공흑마 신무협 장편소설

dream books
드림북스

龍帝劍傳
용제검전
윤민호 신무협 장편소설
ORIENTAL FANTASY STORY & ADVENTURE
『악제자』, 『용맹마도』의 작가!
윤민호 신무협 장편소설
몰락한 작은 무문에서 맺어진 기이한 인연(因緣),
천하를 격동시킬 전설은 그렇게 시작되었다!
drea
book
드림북

DREAMBOOKS